ロシア皇太子ニコライ（右）とギリシア親王ゲオルギオス
（滋賀県立公文書館所蔵【資564】）

西南戦争記念碑
現在は三井寺観音堂の裏山に移設されている

明治11年（1878）８月、陸軍歩兵第９連隊有志が建立した砲台を模した記念碑
大津事件当時は三井寺観音堂上の台地にあり、津田三蔵がこの前に警衛配置された

津田三蔵が警衛していた西南戦争記念碑跡から見た三井寺観音堂・観月台（ニコライ皇太子の御座所）

大津事件の前年、明治23年（1890）に竣工した琵琶湖第一疏水
ニコライ皇太子が「エジプト的工事」と称賛した

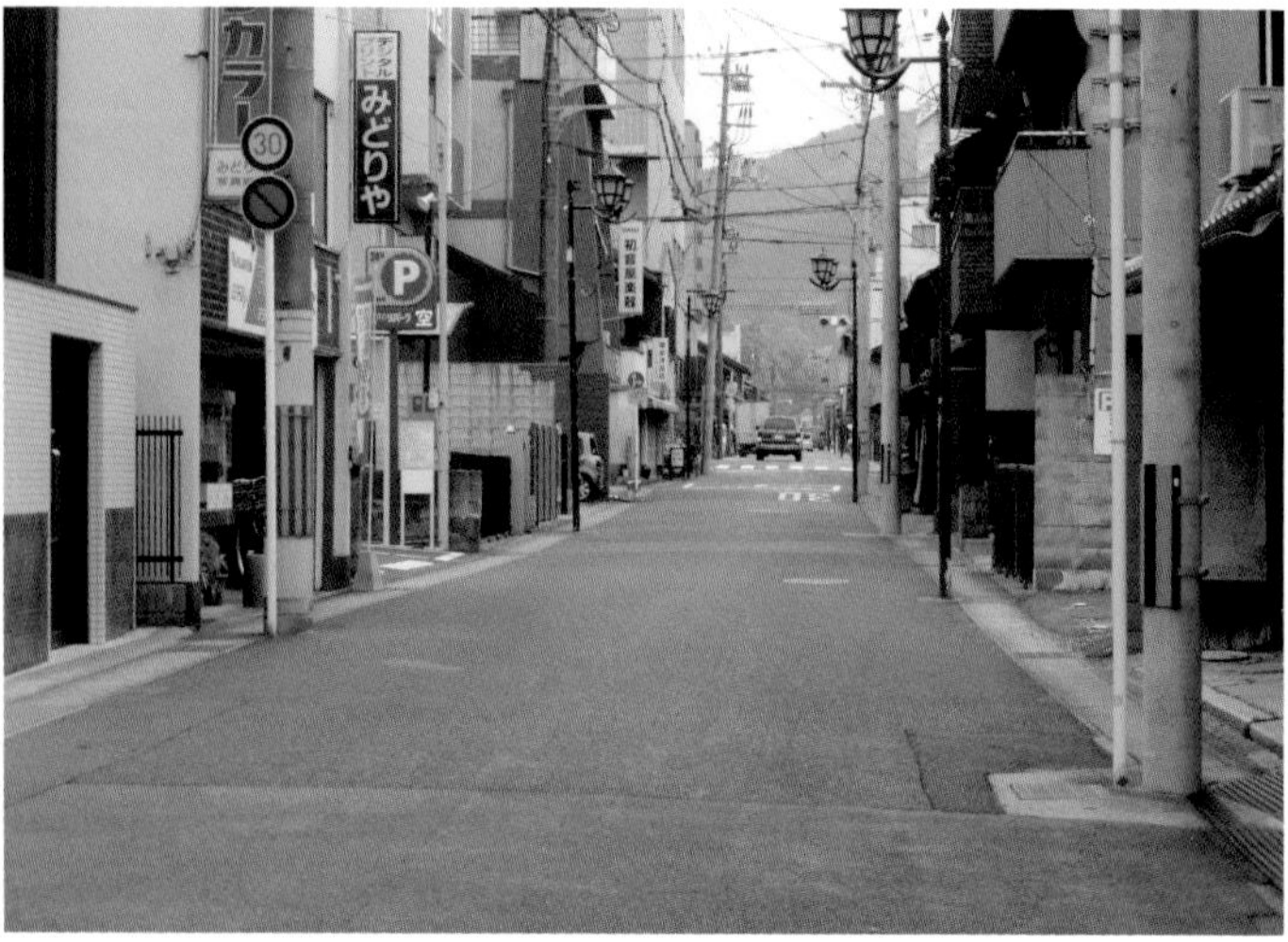

大津事件の現場（京町通下小唐崎町）
旧東海道の右側に津田三蔵がこの日３回目の警衛に立っていた

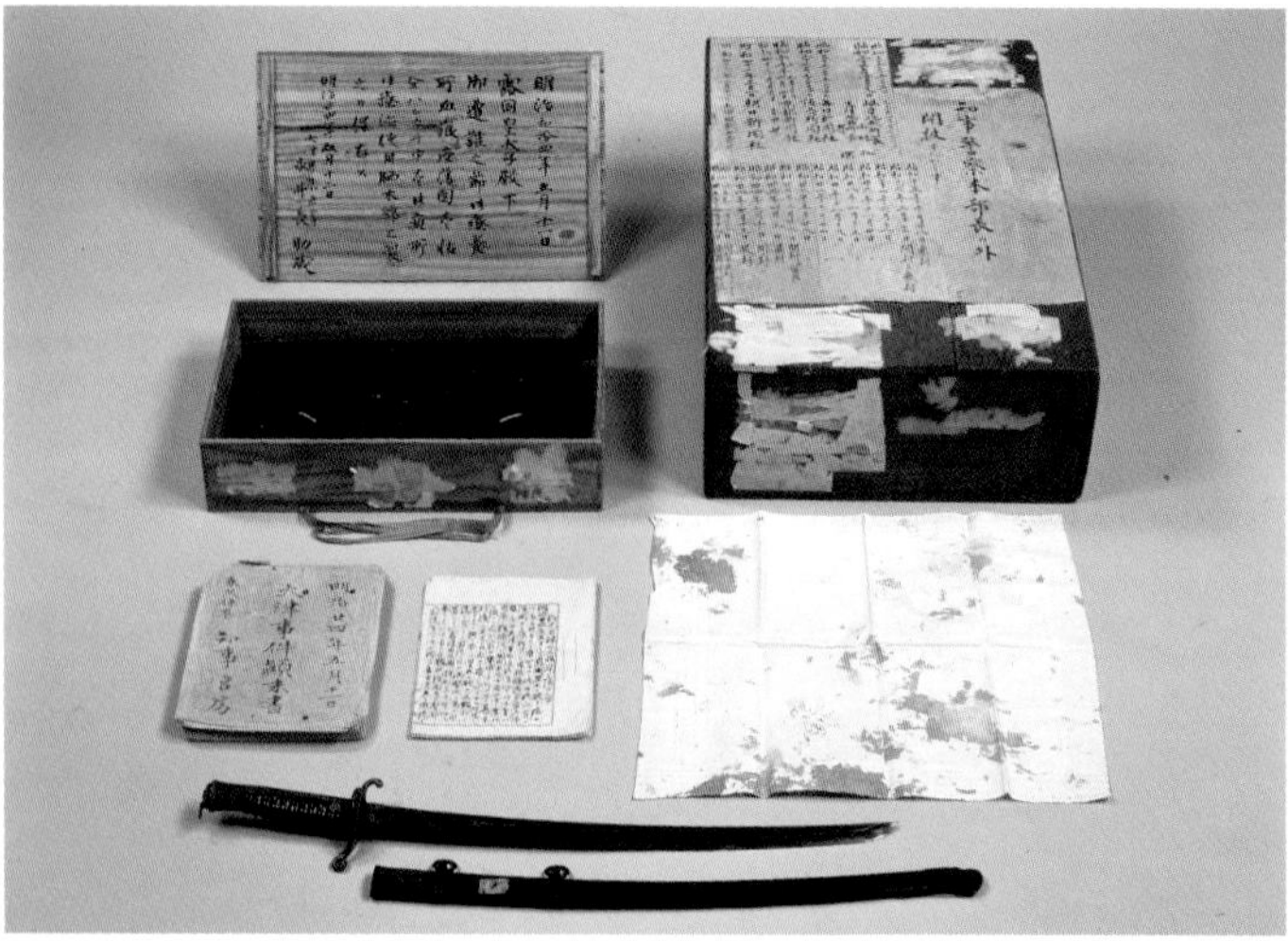
大津事件の津田三蔵のサーベル（日本刀）、ニコライ皇太子の血痕のハンカチなど
（滋賀県所蔵、滋賀県立琵琶湖文化館保管）

幻影

大津事件と津田三蔵の手紙

岡本光夫

SUNRISE

目次

まえがき

琵琶湖の南西端に位置する大津の名は、「大きな津《みなと》」に由来する。

この地には、かつて天智天皇の近江大津宮がおかれた。戦国時代には、都に近い要衝として坂本城や大津城などが築かれ、やがて京都へと運ばれる米や海産物などの一大集積地として大いに栄えた。経済の発展は文化の発展をもたらし、江戸時代の元禄期に、琵琶湖の風光を愛し、近江に多くの門人を得ていた俳聖松尾芭蕉は、大津の地を故郷のように親しみ、ついには膳所《ぜぜ》義仲寺《ぎちゅうじ》に墓所を求めるまでになった。

明治時代の廃藩置県に伴って大津は滋賀県の県庁所在地となり、明治二十一年（一八八八）六月、大津町東浦（現在の大津市京町）に県庁舎が新築された。

煉瓦造り二階建の当時としてはモダンな洋風の建物で、二階部分の中央部には、儀式などを執り行う政庁（講堂）が設けられ、正面から向かって左側は警察部、右側は県議会議事堂が配されていた。昭和十四年（一九三九）五月に竣工した現在の県庁舎も同じ場所に建てられている。

県庁の正面から琵琶《びわ》湖岸に向かってしばらく下ると、旧東海道と交わる。大津は、東海道五十三次の最後の宿場町であった。京町通と呼ばれている道筋には、今も往時を思わせる町家がいくつか残されている。

明治二十四年（一八九一）五月十一日の午後、大津から京都へと通じるこの界隈において、我国を震撼させる大事件が惹《ひ》き起こされた。世にいう「大津事件」である。

その日は、朝から抜けるような五月晴れであった。京都の河原町二条の常磐《ときわ》ホテルに滞在中のロシア帝国のニコライ皇太子は、甥のギリシア国のゲオルギオス親王とともに、大津を訪れていた。四月二十七日の午後に長崎港に到着、鹿児島、神戸、京都を歴訪し、大津へは日帰りの遊覧であった。日本における穏やかで順調な旅が続いていた。

午前中、三井寺《みいでら》観音堂から湖水を眺望され、皇太子が「エジプト的工事」と称賛された琵琶湖疏水《そすい》沿いを通って、湖岸の三保ヶ崎から船で唐崎《からさき》への湖上遊覧を楽しまれた。その後、浜大津に上陸され、滋賀県庁での午餐会《ごさんかい》に臨席された。県庁内での滋賀県の物産展もご覧になり、この時、ゲオルギオス親王が、ステッキ状の竹鞭《たけむち》を求められた。午後一時三十分に、一台に三人の車夫を伴う特別仕立の腕車《わんしゃ》（人力車）で県庁前を出発、旧東海道を京都へと向かわれた。

幅二間三尺（約四・五メートル）の京町通に面した家々には、歓迎のための国旗が掲げられ、門先には幔幕《まんまく》が張られて、松の切り枝に提灯《ちょうちん》が吊るされていた。道端は、皇太子一行の車列をひと目見ようとする群衆で埋め尽くされ、その最前列には、滋賀県内の各警察署から集められ、サーベルを装着した巡査が、十数メートル間隔で並んで立っていた。

国賓として迎えられた皇太子一行に対する警衛対策に万全を期すため、大津への訪問が決定された後、周到な警衛計画が作られていた。本番を迎えたこの日、大津の街は、早朝から厳重な警衛体制が執られた。朝から大きな出来事もなく、京都への皇太子の見送りをもって、この街に張り詰めていた緊張感も、間もなく解き放たれようとしていた。

午後一時五十分頃、県庁を出発してからしばらく進んで、京町通下小唐崎町《しもこがらさきちょう》の津田岩次郎宅前にさしかかった時であった。

進行方向の道路右側に立って、緊張気味に最敬礼で迎えていた巡査の津田三蔵が、通り過ぎようとしていたニコライ皇太子の腕車に向かって、突如、一、二歩近寄ったかと思うと、左腰に吊り下げていた官給品のサーベル（中身は、三重県の関で作られた日本刀）を引き抜き、山高帽を被ったニコライ皇太子の頭部めがけて斬りかかった。

斜めにつばを斬られた帽子は空中へと飛び上がり、路上に落ちて転がってから、しばらくして蓋の途切れていた溝の中へと消えた。

一瞬、その場の空気が凍りつき、三蔵が振り下ろすサーベルだけが、青空のもとで鋭い弧線を描いた。速やかに後ろへと返された刃先《はさき》が、再度、皇太子めがけて打ち下ろされた。

皇太子は、大きな悲鳴をあげながら腕車から飛び降り、鮮血がしたたる傷口を両手でかばいながら、三蔵の刃から逃れようと、四、五間（約九メートル）前へとひたすら走った。

三蔵もその後を追おうとしたが、凶行に気づいて後続の腕車から飛び降りたゲオルギオス親王が駆け寄り、県庁での物産展で手に入れたばかりの竹鞭で、三蔵の後頭部を何度も激しく殴打した。叩かれてよろめいた三蔵の両足に、ニコライ皇太子の腕車の車夫のひとりがしがみついて地面に引き倒した。そこへゲオルギオス親王の腕車の車夫が駆け付け、三蔵が落としたサーベルを拾って、背中や首のあたりを叩くように斬り付けた。三蔵は、地面に倒れたまま、駆けつけた巡査によって、その場で捕縛《ほばく》された。

凶行に及んだ時間は、わずか一、二分で、三蔵の近くで警衛にあたっていた同僚巡査でさえもその瞬間を見てはいない。凶行に気づいた群衆もほとんどいなかった。

ニコライ皇太子は、現場から直ぐの、呉服太物商の永井長助宅の店先で侍医の応急手当を受けられた。頭部右上部の縦方向の二ヶ所に、長さ九センチと七センチの刀傷があり、そのうちのひとつは骨の一部までも削りとっていたが、幸いにも命に別状はなかったため、県庁へ引き返されてしばらく休息を取った後、午後三時五十分、膳所の馬場《ばんば》駅発の汽車で京都へと戻られた。事件の舞台となった大津の街は、悲痛なざわめきに覆われていた。

皇太子は、『ニコライ二世の日記』に、大津事件の当日を次のように書き残している。

「慈悲深い偉大な神が助命してくれなかったら、この日の終わりには生きていられなかったであろう。素晴らしい一日だった。朝、目が覚めると午前八時半に人力車で京都から大津に向かい、一時間十五分後に到着した。人力車夫の疲れを知らぬ忍耐強さに感心した。途中のある村に歩兵連隊が配置されていたが、それは私たちが日本で見た最初の軍隊であった。到着後、ただちに寺を参観し、茶碗でにがい茶を飲んだ。それから山を下りて桟橋に向かった。琵琶湖から山のなかを開削した運河沿いに進んだ。これは本当のエジプト的工事だ。桟橋で汽船に乗って唐崎村に向かった。そこの岬には千年物の松の大木と、その近くに小さな神社があった。ここの漁民たちは、私たちの前ですくったばかりのいろいろな魚、鮭や鱒、鯉や緋鯉などを献上してくれた。そこから大津に向かい、小太りの知事のいる県庁に到着した。純西洋式家屋の県庁内にはバザーが開かれていて、そこで私たちはみな、破産するほどいろいろな小物を買った。昼食後すぐに帰る準備をした。ゲオルギオスと私は、時間後に私のために大いに役立った。ゲオルギオスは竹の杖を買ったが、それが一晩まで京都で休養できるので嬉しかった……」

「人力車で同じ道を通って帰途につき、道の両側に群衆が並んでいた狭い道路を左折した。そのとき、私は右のこめかみに強い衝撃を感じた。振り返ると、胸の悪くなるような醜い顔をした巡査が、両手でサーベルを握って再び切りつけてきた。とっさに『貴様、何をするのか』と怒鳴りながら人力車から舗装道路に飛び降りた。変質者は私を追いかけた。だれもこの男を阻止しようとしないので、私は出血している傷口を手で押さえながら一目散に逃げ出した。群衆の中に隠れたかったが、不可能だった。日本人自身が混乱状態に陥り、四散していたからである。走りながらもう一度振り返ると、私を追いかけている巡査の後から、ゲオルギオスが追跡しているのに気づいた。六十歩ほど走ってから、小路の角に止まり、後ろを振り返ると、有り難いことにすべてが終わっていた。命の恩人ゲオルギオスが竹の杖の一撃で変質者を倒していた。私が、その場所に近づいていくと、私たちの人力車夫と数人の警官が変質者の足を引っ張っており、そのうちの一人はサーベルで変質者の首筋に切りつけていた。すべての人が茫然自失していた。私には、なぜこのようにゲオルギオスと私とあの狂信者だけが街頭に取り残され、群衆のだれ一人として私を助けるために駆けつけ、巡査を阻止しなかったのか理解できなかった。随行員のだれ一人として助けに来ることができなかったわけはわかる。なぜなら人力車で長い行列をつくって行進していたからである。有栖川宮《ありすがわのみや》殿下でさえも、三番目であったので何も見えなかった。私は、彼らすべてを安心させるために、わざと、できるだけ長い間、立ったままでいた。侍医のラムバクが最初の手当てをしてくれた。包帯をして止血したのだ。それから人力車に乗った。すべての人が私を取り囲み、前と同じ足取りで元の県庁に向かった。有栖川宮殿下その他日本人の呆然とした顔を見るのはつらかった。街頭の民衆は私を感動させた。申しわけないという印に跪《ひざまず》いて合掌していたのだ。県庁で本式の手当てをしてもらってから、京都からの列車の到着を待つ間、ソファに横になっていた。何よりも私は、愛するパパとママを心配させないように、この事件についてどういう電文を書いたらいいか、思い悩んだ。午後四時に、歩兵部隊の厳重な警戒のなかを列車で出発した。列車内と京都での馬車の中で、ひどく頭が痛かった。それは傷のせいではなく、包帯をきつく締めすぎたためであった。宿に帰ると侍医がただちに頭部の傷口を塞ぎにかかり、二カ所ある傷口を縫い合わせた。八時半にすべてが終わり、気分爽快であった。つつましい夕食（病人食）の後に、小さい櫓《やぐら》から吊るした氷嚢《ひょうのう》で患部を冷やして寝た。神の御恵みのおかげで、今日一日、万事具合よくすんだ」

ニコライ皇太子の詳細な記述によって、三蔵の凶行の瞬間や周囲の状況などが、まるでその場に居合わせているかのように鮮やかに伝わってくる。

津田三蔵は、当時滋賀県守山警察署三上駐在所の巡査で、この出来事は、「大津事件」として広く世に知られている。「大津事件」は、大国ロシア帝国の皇太子暗殺未遂事件として、また、犯人が、本来は警衛する立場の巡査であったという点においても特筆されるが、事件後、ただちに明治天皇自らが、東京から汽車にて京都に赴かれ、負傷されたニコライ皇太子をお見舞いになり、その後、皇太子の安全を期して神戸港のロシア軍艦までお見送りされるという、前代未聞の事態を招いた。幕末に諸外国との間に結ばれた不平等条約の解消をめざしていた我国の根幹を揺るがせる大事件となった。

大審院が大津に出張して開かれた津田三蔵の裁判は、我国の皇族への危害に関する刑法第百十六条を援用して死刑に処すべしという松方正義総理大臣、伊藤博文ら政府高官筋の圧力のもと、同法は外国の皇族にまでは及び得ないとする大審院長の児島惟謙《こじまこれかた》らとの法解釈をめぐる大論争となるが、同月二十七日、児島らが主張した「謀殺未遂罪」に基づき、「無期徒刑」の判決が言い渡された。後世、司法権の独立を護ったと称賛されることとなる判決である。

判決後、速やかに滋賀県監獄署から兵庫仮留監へと移された津田三蔵は、そこで他の囚人たちが集められるのを待って、六月二十四日、船に乗せられて北海道の釧路へと送られ、七月二日、標茶《しべちゃ》村の塘路《とうろ》湖近くの北海道集治監《しゅうちかん》釧路分監に収監された。

三蔵は、車夫に斬り付けられた首の傷の回復が思わしくなく、加えて自分の起こした事件の重圧に伴う自殺願望など、次第に精神的にも追い詰められるなか、肺炎に罹《かか》って九月二十九日の未明に死亡する。遺体は、分監近くの囚人共同墓地に埋葬された。

収監されてからわずか三ヶ月足らずで死亡したため、三蔵を死刑に処しようとしていた政府筋による謀殺説すら噂されたが、昭和四十年代に、旭川刑務所に収蔵されていた三蔵に関する詳細な「病床日誌」が発見され、肺炎による三蔵の死亡事実が明らかになった。

《津田三蔵は、なぜ、その時、突然、ニコライ皇太子に斬りかかったのか?》

事件直後の警察による取調調書や裁判準備のための供述調書の中にも、犯行動機に直接結びつくような三蔵の陳述は残されていない。

事件の動機と推察されているいくつかの、もっともらしい供述内容に関しても、事件を起こした後に、その重大さに気づいた三蔵が、尋問相手からの追及に戸惑いながら、返答を取り繕ったのではなかろうか。

ニコライ皇太子襲撃という重大事件を起こしながらも、それを実行するうえでの計画性や思想性といった具体的な動機を、津田三蔵は、持っていなかったように思われる。

大津事件の真相は、津田三蔵の死とともに深い闇に閉ざされ、今も沈黙を保っている。

平成十五年（二〇〇三）一月、翌月末から大津市歴史博物館で開催される「大津事件」の企画展に先立ち、三蔵の故郷の三重県上野市や四日市市の旧家で、処分されることなく、長い歳月、秘かに保管されていた七十六通にも及ぶ津田三蔵直筆の手紙の存在が明らかになった。それらの手紙が記されたのは、三蔵が金沢での兵役についた十八歳から、大津事件直前の三十六歳までの十数年間であった。

手紙の主な宛先は、母きの、兄寛一、弟千代吉、そして長年の親交があった町井義純（三蔵の同郷人、軍隊時代の先輩で妹ゆきの夫）などで、内容としては、郷里の母きのの健康状態を気遣うものや兄寛一の所業を諌《いさ》めたものなど家族への愛や葛藤、軍隊時代に過ごした金沢の「文明開化」、三蔵が身命を賭して従軍した西南戦争での生々しい戦いのようすや、退役後に勤務していた三重県や滋賀県での巡査時代の状況など、その時々の三蔵の心情が、折々の異なる筆遣いとともに吐露されている。

巧みな言葉遣いとともに、中国の故事や漢詩から引用した表現も多く用いられており、藤堂藩の藩校であった「崇廣堂《すうこうどう》」において培われた三蔵の教養の高さを窺うことができる。

手紙に残されている三蔵の筆跡を比べてみると、軍隊に入隊した当時のものは、一文字ずつ丁寧に書き並べられている。やがて、金沢の陸軍歩兵連隊に移って、明治政府の官用文字に採用された「菱湖流《りょうこ》」の書家巻《まき》菱湖の流れを汲む師匠に書を習い出したためか、次第に大振りの行書体へと変わっていく。その後、しばらくの間は細字体の手紙となるが、明治十年（一八七七）に入ると、再び行書体のものが多くなり、なかでも、西南戦争で在陣していた鹿児島から母きのに宛てた西郷隆盛らの最期を伝える手紙は、戦争に勝利したという高揚した気分で書かれたせいか、右斜め上に向かって鋭く跳ね上げる独特の筆遣いとなっている。しかしながら、巡査時代には、多忙な毎日を送っていたことも影響したのか、難読な「癖《くせ》字」が含まれるようになる。中でも、長女みへの死など、感情的に落ち込んだ時期の手紙は、西南戦争の頃とは別人と思えるほどに弱々しく細い字で綴られている。

人の筆跡は、学び終えて社会に出てからは、さほどに大きく変わることはないといわれているが、十数年間の折々の手紙に残されている筆跡は、三蔵がその時々に置かれていた状況をありのままに曝け出すかのように、さまざまに変化している。

津田三蔵は、従順な人間であったものの、寡黙であり、頑《かたく》なな性格で人づき合いが悪かったと伝えられているが、残されたいくつかの手紙の文面や筆遣いからは、ときには激昂し、ときには悲憤慷慨《ひふんこうがい》するという、三蔵の感情面における起伏の激しさを読み取ることができる。

ありのままの思いで書き綴られた、これらの手紙を丹念に読み解いていくと、江戸時代末期から明治時代半ばという、近代日本へと変化する激動の時代を生きながら、ついには

「大津事件」の当事者とならざるを得なかった、ひとりの人間としての津田三蔵の生き様が、鋭い輪郭を伴いながら浮かび上がってくる。

プロローグ

明治二十四年（一八九一）九月二十八日の深更、その月の半ばに罹《かか》った肺炎が嵩じて危篤に陥っていた無期徒刑囚の津田三蔵は、標茶《しべちゃ》村の塘路《とうろ》湖の傍らにあった北海道集治監《しゅうちかん》釧路分監の木製ベッドに横たわっていた。三蔵の体は、高熱と衰弱のせいで小刻みに震えていた。

ストーブの薪の燃える音とその上に無造作に置かれていた金盥《かなだらい》に沸いた湯の音が、薄暗い部屋のなかに鈍く伝わり、暗いランプの灯に仄かに照らし出された、鉄格子のはめられた曇りガラスの窓を、湖を渡ってくる晩秋の寒気を帯びた北風が、何かを急かせるかのように幾度となく叩き続けていた。

うねるように次第に強まっていく風の音が、ここ数日続いていた四十度を超える高熱によって意識が混濁し、呼吸もか細く途絶えがちとなった三蔵の耳元に、聞き覚えのある懐かしい声を運んできた。

「三蔵兄さま、なんとぎょうさんなホタル……」

三蔵の脳裏には、三十年前、江戸から伊賀上野へと向かう旅の途中で、兄の貫一や弟の千代吉とともに出かけた駿河国《するがのくに》吉原宿の和田川での蛍狩りの光景が、おぼろげな記憶の断片とともに甦っていた。

蛍の群れ飛ぶ川の土手に立った千代吉が両手を挙げ、三蔵に向かってもう一度叫んだ。

「三蔵兄さま、なんとなんとぎょうさんなホタル……」

「千代坊、この兄を迎えにきてくれたのか?……」

途切れ途切れに戻ってくる意識のなかで、熱にひび割れた乾いた唇をわずかばかり動かしながら小さくつぶやいた。

厚く閉じられた瞼《まぶた》の奥底に、幾つもの蛍が点す光が重なり合い、ぼやけては遠ざかった。

群れから離れた一匹の蛍が、真っ直ぐ一筋の光を引きながら夜空へと高く舞い上がった。

五月半ばの大津事件の後に味わってきた生きる懊悩から間もなく解き放たれることを、

三蔵は、命が果てようとする全身で感じていた。

「三蔵兄さま……」と、幾度も呼びかけていた千代吉の声は、窓辺を揺るがせる風の音に紛れて小さくなり、やがて途絶えた。


〈ああ、これでようやっと母上様のもとに帰れる……〉


九月二十九日午前零時三十分、大津事件の犯人津田三蔵は、北海道標茶の地でひっそりと三十六歳の生涯を閉じた。事件を惹き起こしてからわずか四ヶ月後のことであった。

遺族に死亡が知らされたか否かは定かではなく、遺体は、囚人共同墓地に葬られ、髪や爪などの遺品だけが故郷の伊賀上野の母きのの元に帰された。

大津事件に至るまでの津田三蔵の、明治という時代に翻弄された半生を、残された資料や手紙などを交えながら辿っていく。

生立ち

津田三蔵は、安政元年（一八五四）十二月二十九日の午前八時頃、江戸の下谷《したや》柳原（今の東京都台東区上野付近）にあった藤堂藩上屋敷で生まれた。

父は長庵、母はきのである。きのは、越後国（新潟県）中頸城《なかくびき》郡の武士、落合弥吉の長女であった。三蔵が生まれたのは、ペリーが軍艦七隻を率いて江戸湾を再訪し、三月三日に日米和親条約が締結されるなど、鎖国時代から開国へと世の中が大きく動き出そうとしていた年であった。現存する三蔵の命名書には、長庵三男と記されており、その後、安政五年（一八五八）四月四日に生まれた弟千代吉の命名書には、四男とある。三蔵の男兄弟で長じたのは、兄の貫一（長男）と弟の千代吉（三男）であったことからすれば、千代吉が生まれた後に、三蔵の上にいたであろう男子が亡くなったのではなかろうか。

津田家は、藤堂藩の江戸詰めの医師のなかでも、筆頭格の「匕医《さじい》（御典医）」として、藩主などの歯の診療をはじめ口の中の病気治療を主に担当していた家柄であった。

しかしながら、江戸における津田家の穏やかな生活は、文久元年（一八六一）四月二十三日、五十路を前にしていた長庵が、藩主からのお咎《とが》めによって、突如隠居を命じられ、「差控《さしひかえ》」（職業上の過失などがあったとき、出仕を禁じ自宅謹慎する刑罰）の罪を得たことで一変する。「剣を弄して藩規に触れ……」が、その理由とされるが、刃傷《にんじょう》沙汰ならば、直ちに切腹に処せられるのが定法であったので、日頃より酒好きの長庵が、酒席において酔った勢いで、「刀を抜いて弄んだ」という軽挙妄動が原因であったと考えられる。

長庵への隠居の沙汰が下されるとともに、十五歳の長男貫一が元服して名を養庵と改め、津田家の家督を継ぐことが許された。しかしながら、江戸詰めの御典医としての長庵の名誉ある身分は剥奪され、なおかつ、十三人扶持（年間約六十五俵）の家禄は、八人扶持（年間約四十俵）へと減封処分がなされた。

養庵は、「伊賀付独礼格」（伊賀詰めで藩主に単独で拝謁できる格）に遇されたため、津田家は、速やかに藤堂藩の上屋敷を引き払い、五月一日、伊賀上野へと旅立つこととなった。三蔵六歳、弟の千代吉三歳の初夏の、その後の津田家の命運を左右する大きな出来事であった。

父が藩主のお咎めにより、江戸から追われたという忘れ難い事件は、三蔵の心の中に、「剣を弄した」父と同じような因子が、自分のなかにも受け継がれているのではないかという不安とともに、その後の三蔵の人格形成に少なからぬ陰影を刻み込んでいく。

その三十年後、密かに三蔵の内面に引き継がれていた父の因子が、突如、顕在化して、三蔵自身が、「剣を弄する」立場になろうとは、誰が想像し得たであろう。

伊賀上野へは、東海道を関宿まで辿り、大和街道（加太越奈良道）から加太《かぶと》（亀山市）、柘植《つげ》（伊賀市）、佐那具《さなぐ》（伊賀市）を経ての、約半月の旅であった。

津田家の家系は、後年の三蔵にもみられるように元来が筆まめであったらしく、この旅のようすも、養庵によって書かれた、『文久元酉年道中旅籠弁《はたごならびに》昼支度小遣ひ共諸入用帳』（道中記）と『東海道宿々人馬継立帳』（人馬継立帳）の二冊の覚書が残されている。

一行は、養庵を筆頭に、父長庵、母きの、三蔵、千代吉、下男の新助の六人で、三蔵の妹ゆきは、この旅の二ヶ月後の七月十日に伊賀上野で生まれていることからして、母きのにとっては、臨月を間近に控えた身重の体を抱えた道中であったに違いない。

人馬継立帳によると、江戸を出る際に、丸棒駕籠《かご》を三挺と本馬《ほんま》（宿場に置かれた駄馬）を一頭雇っており、駕籠一挺あたり「三人掛り」（三人が交代しながら、駕籠を担ぐ）、全部で九人の人足を頼んでいる。

三挺の駕籠には、長庵、きの、三蔵と千代吉が分乗し、荷物を乗せた駄馬には新助が付き添い、一家の主となったばかりの養庵は、凛々しく徒歩で先導していたのであろう。

梅雨の時期の旅で、何度も雨にたたられたせいか、道中記には、「夜中大雨」、「雨降り殊の外道わるし」といった文字が、随所に残されている。

江戸を出た一日目は、戸塚宿まで辿っている。江戸からの距離は、八里九丁（約三十三キロメートル）で、途中四つの宿場を通り過ぎる、当時としては平均的な行程であった。

二日目は、小田原宿まで行く予定であったが、途中にあった酒匂川《さかわ》が、大雨で増水して川留めとなったため、一つ手前の大磯宿での泊りとなった。

三日目の朝、酒匂川は川明けとなったが、出立準備に手間取ったため、小田原宿で昼食を済ませて午後四時過ぎにようやく箱根本陣に到着する。

早速、関所での道中手形改めに臨もうとするが、ここで思いがけない事態が生じる。

箱根関所詰めの当番は塚本庄蔵で、津田家の下男の新助が、箱根本陣にいた関所役人の天野平左衛門に関所まで同行してもらい、持参した通行手形を差し出すと、塚本から、本来は家督を継いだ養庵の名前の上に「津田」とあるべきところが、隠居した長庵の上に「津田」と書かれているので、このままでは、関所を通過させることができないので差し戻すと言われたのである。外様大名であった藤堂家の家臣と知っての、言いがかりのようなものであった。

道中手形の不備で通過できないとの新助の報せを受けた養庵は、直ちに父長庵とともに箱根関所に出向き、塚本らに対して、

「ご不審は当然のことと存じますが、私は、先日、元服して父長庵の家督を相続し、伊賀付独礼格の待遇にて、速やかに伊賀上野に赴任するようにとの藩命を受けて、任地に向かっております。急な旅立ちのため通行手形の書き方に不手際がございましたが、隠居長庵とともに出頭いたしましたので、何とか通行をお認めいただきますよう伏してお願い申し上げます」と、丁重に懇願したところ、初々しい養庵の淀みない口上に絆《ほだ》されたのか、通行手形を一旦預かり、箱根関所での先例を調べてみるということとなった。

「今回は、特別に通行を許すが、今後は、許可できないので心得ておくように……」との関所役人の沙汰が下りたのは日が暮れてからで、この日は結局、箱根宿泊りとなる。

しかし、事はこれで落着したのではなく、「塚本、天野ヨリ酒肴致来仕候間、金壱分ッ、右御関所世話ニ相成ニ付、答礼仕候」と記されているように、理由はわからないまま、関所役人から酒と肴が届けられたので、金一分ずつを世話になった礼金として彼らに渡している。この当時の箱根の関所役人の所業を物語るエピソードとして注目される。

文字通りの「難所」となった箱根の関をようやく越えた一行は、明くる四日、駿河国の三島宿から沼津宿、原宿を経て吉原宿に到着している。

五日、蒲原《かんばら》宿をめざして出立準備をしたが、富士川の水嵩が増して川留めとなったため、吉原宿で二日間、足留めされる。さらには、この川留めによって、伊達、亀井などの大名行列の一行が、急遽、吉原宿泊まりとなったため、津田家の一行は、最初の宿屋であった西藤屋喜三郎宅から、素人宿の升屋助次郎宅へと宿替えを余儀なくさせられる。

翌六日も川明けの報せはなかったが、朝から快晴となり、山頂から中腹まで陶器のたれ薬がかかったような形状の雪を残している美しい富士山が見られたと、記されている。

この日の夕刻、升屋の主人の助次郎が、三蔵と千代吉の兄弟を近くの和田川の蛍見物へと誘ってくれたので、養庵も一緒に出かけており、「道中記」には、「夜分ハ蛍沢山ニ飛、景色宜、子供立（達）宿之主人与連立蛍狩致し、大嬉ニて遊申候……」と、無邪気に、大喜びで遊んでいる子供たち（三蔵と千代吉）の姿が描かれている。

吉原宿での蛍狩りのようすは、幼少期の三蔵の姿を伝える貴重な記録である。

「道中記」に綴られていたのは、十日に大井川が川明けするというところまでで、養庵が書き疲れたせいであろうか、以後の記述はなされていない。

一方、「人馬継立帳」の方は、小まめに書き継がれており、出立・到着といった日々の全行程と、人馬、駕籠を乗り継いだ宿場名が記されていて、江戸から伊賀上野に到るまでの旅のようすを、交通手段とともに詳しく知ることができる。

伊賀上野に着いたのは、五月十五日で、津田一家は、伊賀国阿拝《あはい》郡上野徳居町二十四番屋敷に住居を定めた。

養庵は、「伊賀付独礼格」として月番の藩務に就くが、父の長庵は、江戸での行状に対する「差控」の身のままであった。これが解かれたのは、六月四日（年未詳）で、藩の重役の藤堂九兵衛から養庵に宛てた「隠居長庵、差控御免……」（隠居の長庵の自宅謹慎を免除する……）という書付が残されており、伊賀上野に移り住んでから、比較的早い時期に謹慎が解かれたようである。

その後、長庵は、体調を崩し四年余りで亡くなっている。津田家の菩提寺である大超寺（伊賀市上野寺町）の墓石に刻まれている長庵の没年は、慶応二年（一八六六）丙寅年正月十日で、享年五十三。死因は、「水毒」（気候変動や精神ストレスによる体内水分の代謝異常）で、江戸生まれの長庵が、伊賀上野という慣れない土地に移り住んだことで発病したとの医師の診たてであったという。

父の長庵が死亡したとき、三蔵は、十一歳であったが、この頃、伊賀上野城の傍らの藩校の「崇廣堂《すうこうどう》」に入学を許され、漢文の句読や漢詩、書、朱子学、算術などを学び始めている。藩校での就学期間を一年延長する許可書も残されているなど、学問に興味を抱いていた三蔵の少年時代を知ることができる。「崇廣堂」の建物は現存しており、三蔵が学んでいた数十畳敷きの大講堂も、江戸時代の文政年間に創建された当時の風情を留めている。

母きのは、藤堂藩の江戸詰めの御典医であった津田家の家柄を終生誇りに思い、夫の長庵が貶《おとし》めた家名の挽回を、養庵、三蔵、千代吉らの三人の兄弟に託そうとしていた。

本来ならば長庵から家督を継いだ養庵が、その筆頭格であったが、母親の期待の重さに耐えられなかったのか、あるいは、万事飽き性で、なおかつ医者となる素質も備わっていなかったことが原因となったのか、次第に母の期待に背くような所業へと染まっていく。

こうした養庵であったため、津田家の将来を託せるのは三蔵しかあるまいと考えたきのは、就学期間を延ばしてでも藩校での勉学に励むよう三蔵を諭したに違いない。

大津事件の直後に行われた滋賀県監獄署での尋問に際して、三蔵は、「明治四年まで国元の藩校に居り……」と述べていることからしても、十六歳までの数年間は、母の期待どおり藩校に通って勉学に勤しんでいたと思われる。

津田家が家禄を食《は》んでいた藤堂藩は、長州藩による京都侵攻に備えて、慶応元年（一八六五）から京都の西郊、天王山麓の山崎にあった高浜砲台の守備にあたっていた。

藤堂藩は、藩祖の藤堂高虎が、大坂夏・冬の陣における功績によって、徳川家康に厚遇され大きな所領を与えられた経緯から、外様大名でありながらも幕府への恩義を重んじてきたが、あわせて、藩祖高虎が何人もの大名を渡り歩いたという、時勢の変化にも機敏に対応する藩祖以来の気風を持っていた。「封建的忠誠」を保持しながらも、「臨機応変」でダイナミックな武士の行動様式を幕末まで内在させていたといえる。

慶応四年（一八六八）一月三日に起こった鳥羽伏見の戦いにおいても、最初は、新政府軍と幕府軍のどちらにも味方せずに静観していたが、五日に出された新政府の勅命に速やかに呼応し、翌六日、京都から進軍してくる新政府軍を迎え撃つために淀川対岸に布陣していた幕府軍橋本陣地へと大砲を撃ち込み、新政府軍有利となる戦況を決定付けたのである。その後の戊辰戦争においても、新政府軍の一翼を担って東北地方を転戦している。

藤堂藩の領地の伊賀上野の藩校で学んでいた三蔵にも、明治という新たな時代に即応しようとした「臨機応変」な藩の動向は伝わっていたであろう。

戊辰戦争における新政府軍は、長州・薩摩・土佐をはじめとする諸藩の兵の寄せ集めで、後に創設された政府直属の御親兵も、長州などの旧藩の部隊が中心となっていた。

こうしたなか、「富国強兵」を実現する手段としての「国民皆兵」が論じられるようになる。「国民皆兵」は、四民平等を前提として考案された国民総兵制で、戦闘のための職業集団であった武士（士族）階級そのものを否定し、解体することをも意味していた。

明治三年（一八七〇）十一月、兵部少輔《ひょうぶしょうゆう》山縣有朋《やまがたありとも》の構想による「徴兵規則」が制定され、各藩から士族だけでなく庶民も対象に、一万石について五人ずつ徴兵することが定められ、藤堂藩においても、「常備兵」の整備が進められた。

明治四年（一八七一）七月に実施された廃藩置県によって旧藩制度が廃止されると、徴兵制度は、全国的な規模での軍隊を編成する方法として具体化され、フランスの陸軍編成に倣《なら》って、東北（仙台）、東京、大阪、鎮西《ちんぜい》（熊本）の四つの鎮台が設けられた。こうした時代の流れの中に、津田三蔵の半生も飲み込まれていったのである。

軍隊時代

現存している津田三蔵自筆の履歴書によれば、三蔵は、明治五年（一八七二）三月十一日に東京鎮台名古屋分営に入営したとある。

同年五月、弟の千代吉が記した「口上覚」には、三蔵は、その前年の冬にはすでに軍隊に入っていたとあるが、これによれば、「徴兵規則」に基づいて、明治四年十一月に東京鎮台から旧藤堂藩へなされた通知に応じて、十八歳から三十七歳の士族で編成された歩兵二個小隊（百二十名）の中に三蔵が含まれていたことになる。兵士となって、母きのが期待していた津田家の家名挽回を図ろうと、三蔵自らが志願したのではなかろうか。

明治五年十一月二十八日、「我カ朝上古ノ制、海内挙テ兵ナラサルハナシ。有事ノ日、天子之レカ元帥トナリ、丁壮兵役ニ堪ユル者ヲ募リ、以テ服ササルヲ征ス。役ヲ解キ家ニ帰レハ、農タリ工タリ又商賈タリ。固ヨリ後世雙刀ヲ帯ヒ武士ト称シ、抗顔坐食シ……」（本邦は上古の時代より、全国の者で兵にならなかった者はいない。有事の際には、天皇が元帥となり、青年や壮年で兵役に耐え得る者を募って服さない敵を征伐する。兵役が解かれ、帰郷すれば農工あるいは商人となる。もとより後世の両刀を帯びて武士と称し、大きな顔をして座して食する……）との「徴兵告諭」が発せられる。翌年一月十日には、全国的な募兵を実施するための「徴兵令」が公布され、士族が担ってきた兵役は、四民平等の名のもとで、満二十歳以上の国民を対象とした「国民皆兵」へと進んでいく。「徴兵令」で定められた兵役期間は三年であったが、台湾問題や西南戦争など、国内外の諸問題への対応に軍事力が必要とされた時期であったことから、随時延長されるようになる。津田三蔵も、入営から除隊となる二十七歳まで、西南戦争への派遣などを含め、約十年間もの長い軍隊生活を余儀なくされたのである。

軍隊時代に三蔵が認《したた》めた手紙は、四十八通あり、母きのら家族への思いをはじめ、金沢での「文明開化」のようすや、兵士として戦った西南戦争に関するものなど、青春時代における三蔵の精神遍歴を、文字として辿ることができる。最も早い時期の手紙は、明治六年（一八七三）四月十日付けで、この年の一月に新たに設けられた名古屋鎮台に所属していた三蔵は、三月中旬、越前国大野郡で惹き起こされた「越前護法一揆」の鎮圧のために出動していたが、そのさなかの福井城下において書かれている。

〔津田千代吉・母きの宛〕　明治六年四月十日〔十八歳〕

越前表大野郡土民共一揆相起候間、去ル三月十三日朝第九字頃、越前福井表ヨリ名護屋鎮台江申来、俄ニ一番小隊只今ヨリ出張被仰付、午後三字三十分発足仕候間、（中略）同月廿二日越前大野郡江着仕候処、追々鎮静ニ相成、同月廿七日ニ越前福井城下西本願寺江退軍相成、未留宿仕居候、然而者名古屋鎮台ヨリ加賀国金沢江二小隊出張之趣有之候ニ付、私共金沢江出兵ニ相成候様子ニ候、金沢江兵隊三大隊御取立之御布告、名古屋ニ而敬承いたし居候、猶二小隊ニ而新兵伝教之噂も御座候。私共勉励仕居候間、御承知被下度候……

――越前国大野郡土民が一揆を起こしたと、去る三月十三日朝の九時頃、越前福井表より名古屋鎮台に連絡してきましたので、にわかに一番小隊に出張が命じられ、午後三時三十分に出立しました。（中略）同月二十二日、越前大野郡に到着しましたところ、次第に鎮静してきましたので、同月二十七日に、越前福井城下の西本願寺へ退軍して未だにここに留まっています。それから、名古屋鎮台より加賀国金沢へ二個小隊が出張となるとのことで、私どもが金沢に出兵となるようです。金沢へ兵隊三個大隊が置かれる布告が出されたのを名古屋でお聞きました。なお二個小隊が（金沢で）新兵を訓練するという噂もあり、私ども一生懸命に励みますので、ご承知おきください……

名古屋鎮台管区の金沢に陸軍歩兵第七連隊が設けられたのは、明治八年（一八七五）三月であるが、そのための準備に、約二年前から兵隊の募集や新兵訓練が行なわれており、この手紙からは、それらに津田三蔵が関わっていた事実を知ることができる。

家　族

〔津田千代吉宛〕　明治七年（一八七四）五月二十八日〔十九歳〕
御母上様儀先日ヨリ御持病之趣キ、御報知ニ及ヒ息歎斜ナラス、何分山河隔絶慷慨之至リ不堪、忠ナレハ是不孝、（中略）呼鳴兄ハ家荒傾シ、我山河遠路ニ隔絶ス、万端母上様之御胸中ヲ推量スレハ、眠レトモ眠ラス、唯鬱悒トシテ暮、……
――お母上様、先日よりご病気とのお報せをいただき、ひたすら歎息しています。何分にも山河で隔絶され、憤りと嘆きに堪えません。忠義をとるならば、それは親不孝となります、（中略）ああ、兄は、荒々しく家を傾かせ、私は山河で遠く隔絶され、母上様のご心中を推し量りますと眠ろうとしても眠れません。ただ鬱々として暮らしています……

〔津田千代吉宛〕　明治七年七月十六日
昨夜少々雨降リシ折カラ、心ニ故郷思ヤリ、嘗テ朝飯ヲ遅クシタ飯ヲ食セスシテ寝眠セシニ、ゆき幼心シテ曰、食セサレハ明日死耶ト問レシヲ、未タ僕カ耳ニ附、嗚呼可歎時ニ我未幼ニシテ共ニ尊母ノ心ヲ労セシヲ、是不孝ナル哉、何レカ山嶽ノ御恩ヲ牛毛ノ一ツモ可報之所、不孝ニシテ今モ尊母ノ御労心ヲ相掛シヲ察スレハ、何共申述へきヲ失ヒ、兄カ不孝ハ難言、何分貴公尊母ノ心ヲ慰ミ被下度、厚ク願候……

——昨夜、少しばかり雨が降ったおり、心の中に故郷のことが思い浮かびました。かつて、朝食を遅くして夕食を食べないで寝ようとした際に、ゆきから、幼な心で「食べないと明日は死ぬのか」と問われたことが、今もなお僕の耳に取り付いていて実に嘆かわしいことであります。我々は、未だ幼かったので、母上に心労をかけ、不孝をいたしました。母上様の山のような御恩に牛の毛の一つたりとも報いるべきですが、不幸にして、今も母上様に心労をおかけしていることを察しますと、何とも申し述べることを失い、兄の不孝は言い難く、どうかあなたが、お母上様のお心を慰めてくれるよう、厚くお願いします……

十二歳で父親を亡くした津田三蔵にとって、家名を挽回するようにと、自分に大きな期待を寄せてくれている母きのの存在は特別なものであった。ここでは、軍人としての「忠義」と母への「孝行」との狭間で揺れる三蔵の複雑な気持ちが述べられている。弟の千代吉に宛てられたこれら二通の手紙では、「兄ハ家荒傾シ」や「兄ガ不孝ハ難言」など、兄の貫一（養庵改め）の悪しき所業を憂えるとともに、病気がちな母きのの心労を気遣っている。夕食を抜くような貧しい日々の中で、妹のゆきが、「食セサレハ明日死耶ト問レシヲ」と言ったことを、雨降りの夜に思い起こし、望郷の念にかられている三蔵の優しい心情も綴られている。

長兄の貫一は、伊賀上野において、小児科医として開業していたが、明治五年頃には修業のため東京に出ていたと推定される。しかしながら、明治七年当時には、寛一は、津田家にとって頼りにならない厄介者になっていたのである。

〔津田千代吉宛〕　明治八年（一八七五）三月十五日〔二十歳〕

二白、併ラハ兄上様過日御帰宅之由、兄上様ヨリ御丁寧ニ華書ヲ賜、難有拝誦いたし候処、長々間タ別ニ御病気且御サ、ワリナク御帰宅之由、怡賀祝喜いたし候、就而者家事之儀如何御取締候哉、拙等何ノ言ヲ吐ニ不足ト雖モ、兄上是迄ノ御所業ニ而者拙カ神労実胸痛悲歎ニ不勝候間、是レ迄ノ悪事ヲ一洗シ、以テ母上様江御報恩為在ラレ度、日夜焦慮シテ暮シ居候間、乍面到兄上ノ御容子且御見込等委細ニ御報知被下度、万々奉祈候……

――追伸、兄上様が、先日帰宅されたとのこと、兄上様よりご丁寧に手紙をいただき、ありがたく読ませていただきました。長い間、病気や差し障りもなく御帰宅されたとのことで、本当に喜んでいます。ついては、家計をどのように取り仕切ってくださるのでしょうか。私らが何を言っても物足りないとはいえ、兄上のこれまでの御所業については、私も実に胸が痛く悲嘆にたえられません。(兄上が)これまでの悪事をすべて洗い流され、母上様の御恩に報いられますよう、日夜気をもみながら暮らしていますので、御面倒でしょうが、兄上の御様子や今後の見込みなどを、詳しく連絡していただけるよう祈っております……

明治八年、伊賀上野の家に帰った兄寛一についての手紙であるが、「御所業ニ而者拙カ神労実胸痛悲歎」しているので、「是レ迄ノ悪事ヲ一洗シ」して母の恩に報いてほしいとの、三蔵の切実な願いが綴られている。母に心労をかけ続けている兄の所業は、三蔵には、到底理解できず許しがたかったのであろう。手紙の文面から伝わってくる三蔵は、物事や人に対する思い込みや拘《こだわ》りが激しく、一旦そう思えば、対象がたとえ兄のような近親者であっても安易には妥協せず、それによって自分がどのように評価されようともあまり頓着しない、頑《かたく》なな性格であったようである。

〔津田貫一宛〕明治九年（一八七六）二月一日〔二十一歳〕

当地之産物ニ而モト存シ、何ソ御送贈仕ヘクト百方探索仕候得共、所存ノ辟隅故哉、別段珍物モ無之、色々意ヲメクラシ候得共有之候而モ、目方ニ相重リ候故不珍候得共、縮緬六尺、但シ白シ肉ヨリノ襦袢上下各一揃、別品サンノ襟リ一筋シ、但シ赤金縫縮緬、右之品御送上候間、御手握ノ上御配与被下度候、肉ノ織ノ襦袢上下千代吉ニ、襟者ゆき江、白縮緬者御尊母様江、附タリ、水色ノ風呂敷一揃、但し古きへーチャモクレテ御座リマスカラ、御面倒ナカラ御捨テ被下サレマセ、扨テ々々尊兄様江何カヨキモノヲト存候得共、何分高直（値）ニシテ、愚ノ力ラニ及ヒマセンカラ、折節睉勉仕リマシタ上ニテ、タント金子ヲ頂戴シマシテカラノコトニ致シマス……

――当地（金沢）の産物を何かお贈りしたいとあちこち探しましたが、へんぴな土地でこれといった珍しい物もなく、いろいろ思いを巡らせましたが、目方が重くなりますので、珍しいものではありませんが、縮緬六尺、白い肉織りの襦袢上下を各ひと揃い、赤金縫いの縮緬の特別によい品の襟を一筋、右の品を送りましたので手渡しでお配りください。肉織りの襦袢上下は千代吉に、襟はゆきに、白縮緬は母上様に、水色の風呂敷ひと揃えは、古いへちゃもくれで御座いますから御面倒ながらお捨てください。さてさてさて、兄上様には、何か良いものをと思いましたが、何ぶんにも高い値段のものでしたから、私の力では及びませんでした。折節に励み勉めましたうえで、たくさん金子を頂戴しましてからのことにいたします……

弟、妹、母に対して、金沢の産物を買い求めて送り届ける三蔵の温かい家族愛。その一方、兄貫一への品物については、「さてさてさて」と、兄を揶揄《やゆ》するかのような文言を繰り返し、高値のものなので買えないため、将来お金がもらえてからにする、と書き添えている。兄の悪しき「所業」に対する三蔵の気持ちが反映されているような言い回しである。

〔母きの宛〕 明治十一年（一八七八）九月八日〔二十三歳〕

兄上様御身上振舞、于今御改心モ無、些少ノ金銭ヲ求得ハ、相替ラス旧病発起シ、登楼なそニ趣カレ、少シモ家事ノ貧困ヲ不顧、御母上様ノ御病中モ一向御看護モ行届キ不申、只千代吉、ゆきノ看病ニテ万々御不都合ノ段、山々御推察仕候（中略）兄上様御壱名位ノ食料費等ノ儀ハ、月給ノ内ヨリ御送金仕候テモ不苦候間、一ケ月何程位ノ御費用御算考ノ上、御申越被下候得者、御送金可仕候間、其辺御考察ノ上御報知奉待候事……

——兄上様のお振舞い、今もなお改心されず、少しの金銭が求め得られれば、相変わらずかねてよりの病を起こして、妓楼に上がって遊ばれ、少しも家計の貧困を顧みることなく、お母上様のご病気中も一向に看護が行き届かず、千代吉やゆきが看病して、不都合が山ほどあったことと推察しています。（中略）兄上様一名くらいの食料費等は私の月給から送金してもかまいませんので、一ヶ月どれほどの費用がいるか計算して申し寄こしてくだされば送金いたしますので、そのあたりのことをお考えのうえ、御報せください……

母からの手紙で、改心しないままの兄の状況を知らされ憤っている三蔵。しかし、後段では、母の貧しい家計への、兄寛一による負担を軽減させようとする優しさゆえか、兄の食料費等くらいは、自分の給料から送金してもよいとまで書いている。兄の所業に、苦悩しながらも、母への思いから妥協せざるを得ない三蔵の葛藤が伝わる。

〔母きの宛〕　明治十三年（一八八〇）三月四日〔二十五歳〕

兄上儀当地到着致し候得共、何分不品行廉有之、実ニ当惑之至候、尚当地ニ滞在之上ハ、如何ノ不都合相生シ候モ不計、若シ相生シ候際者、私独リノ身上ニ相関スル而已ナラス、同県者一体ノ名誉ニモ関係致し候事ニ付、一時モ早ク帰郷為致スルカ至極都合ト存候、然レトモ骨肉ノ親情ニ背キ候カハ不存候得共、到底於私見込無之、是レ全ク不得止事情ニ付、帰郷為致候次第ニ有之候、尤モ離別之際、私激言ヲ吐露致し候儀モ有之、直様帰郷被致間敷ト奉存候……

――兄上は、当地（金沢）に到着はされましたが、何分にも品行が良くないことがあって、実に当惑いたしました。このうえ金沢に滞在されていては、どのような不都合を生じさせられるか予測できず、もし不都合が生じた際には、私ひとりの身の上に関わるだけではなく、金沢にいる同県（三重県）の者全体の名誉にも関係することになりますことから、いっときも早く帰郷させるのが、最も都合がよいと思いました。骨と肉のように分かつことのできない肉親の情に背いたかどうかは存じませんが、私にとっては、兄は、到底見込みがなく、全くとどめ得ない事情でありますことから、帰郷させた次第です。もっとも、別れ際に、私が、兄に対して過激な言葉を吐いたこともあって、すぐには帰郷されないだろうと思っております……

三蔵は、金沢の知人に兄の就職先の斡旋を頼んでいて、その顔合わせのために、寛一を金沢に来させたのであるが、その貫一が「不品行」を起こしたので当惑しているようすが書かれている。兄が不都合を起こせば、三蔵だけでなく同郷の三重県出身者の名誉にまで関わるとして、早急に帰郷させようと切符を買い求めて兄に手渡している。この時の貫一は、深酒をして財布を落とすといった失態を起こし、三蔵を激怒させたのである。「同県者一体ノ名誉ニモ関係致し候」や「私激言ヲ吐露致し」という表現からは、物事を極端に捉えたり、厳しい言葉を浴びせる激情的な三蔵の一面が伝わるが、そうした兄でありながらも帰りがけの旅費を与えるといった、相反する思いやりも見せている。他の手紙にも三蔵が記しているように、長年の性癖ともいえる貫一の所業に対しては、父長庵が「剣を弄した」ことで受けたお咎めと同様に、三蔵は、こうした悪癖から抜け出そうと努力しない兄に対する反発と、三蔵自身も逃れようがない血脈への恐れを抱いており、葛藤し、敬遠しようとする三蔵の心情を知ることができる。

〔宛先不明書簡〕明治二十三年（一八九〇）月日不明〔三十五歳〕

曩日同僚某と酒間対話中、談偶々愚兄貫一の事に及ひ、先般栃木□（県カ）へ仕官し、目下内務省へ出仕致居れる旨申聞、実ニ信憑し難き旨答へつるに、既ニ名面を変称セし由ニて、更ニ其名面忘却したりと更ニ告けす、兄弟の間柄宜敷新聞に広告し、捜査してハ如何と迄申聞たり、実半信半疑、恰南柯の夢の如し、大兄愚兄の挙動御察知有らは、一寸御聞せ被下度、御倚頼申置候也……

――先日、同僚の某と酒を飲みながら、話していた中で、話がたまたま兄貫一の事に及び、先般、栃木県へ出仕し、今は、内務省の仕事に就いていると聞き、実に信じ難いことだと答えましたが、既に名前を変え、さらにその名前も忘れたとのことで、兄弟の間柄なので、新聞に広告して捜してはどうかとまで聞かれました。実に半信半疑で、あたかも、とりとめのない（南柯の）夢のごとしです。兄の挙動をご存知なら、ちょっとお聞かせくだされたく、御依頼申し置きます……

寛一に関しては、「明治十九年に越中富山に行ったまま音信不通」とか、「目下、行方不明で諸所を徘徊している」といった、大津事件の際に行われた取調べにおける母きのや弟千代吉の証言が残されているが、詳しい行動はわからないまま、「事変後（大津事件の後）六月十三日愛知県宝飯郡豊秋村大字宿村ニ於テ行旅中死亡」との記録が残されている。

津田家にとって、寛一の行状は、理解し難いもので、とりわけ、三蔵にとって、兄寛一は、父代わりとして頼りたかったにもかかわらず、大きな精神的負担を与える存在と化していた。

文明開化

明治七年（一八七四）から八年（一八七五）に書かれた三蔵の手紙には、「開化」や「因循《いんじゅん》」に関する記述が多くみられる。この時期は、「意見を交換し知を広め識を明にする」という「文明開化」の啓蒙運動として森有礼《もりありのり》が首唱し、洋学者たちで設立された「明六社《めいろく》」の活動時期と一致する。機関誌『明六雑誌』などを通じたこの運動は、明治八年の讒謗《ざんぼう》律《りつ》・新聞紙条例などによって終息していくが、金沢においても、開化新聞（後の石川新聞）が発行されるなど、三蔵の周辺にも、「文明開化」の波が押し寄せていた。

こうした「文明開化」と時期を同じくして、征韓論に端を発した「明治六年の政変」で、西郷隆盛と同じく下野した板垣退助、後藤象二郎《ごとうしょうじろう》らが政府に要望した「民撰議院設立建白書」を契機とした自由民権運動が始まる。建白書は、有司（官僚）への権力集中を批判し、民撰による議院開設を実現するという、政治面での「文明開化」を求めるものであった。

〔津田千代吉宛〕　明治七年十一月八日〔十九歳〕

三年ノ勤務モ殆ント満役ノ日ニ近ヨリ、内々歓楽致居処、嗚呼計ランヤ台湾問罪、尋テ支那ト間隙ヲ生シ、是レニ於テ満役除隊ハ先ツ御差止ニ成リタリ、依テ余案ツルニ、家ニ老母アリ且ツ忠ハ尽サスンハアルヘカラスト、一ヲ全フセハ一ツナラス、余、日夜寝食ヲ安ンセス、然ルニ今般陸軍上下士官生徒徴募被仰出候ニ付テハ、志願ノ者ハ試検ノ上御許容ノ趣也、余愚考仕候ニハ、一ト先ツ憤発シ、以テ天恩ニ報ント欲シ、志願仕候処、九月七日ニ試検相受候処、未タ何ノ御沙汰モ無之、日夜企望仕候処、行クト不行、昨日判然相分リタリ、何者トナレハ、今般兵員加入ノ者ハ、其マ、タトヒ志願ト雖モ相成ラサス、実ニ残意ノ至リニ候、(中略)九月七日試検ノ節、余カ赤心ヲ述ル、其文ヲ拝呈ス、今般陸軍上下士官生徒志願スル所以ノ者ハ、蓋シ愚天恩ニ沐浴スルコトコ、二年アリ、微忠ヲ尽スト雖モ、九牛ノ一毛モ報ツル能ハス、依テ傍人指笑ヲ顧ミス、一タヒ憤発シ、有事ノ時ニ当テ屍ヲ原野ニ横ヘ、以テ天恩ニ報セント欲ス宿志也ト、右文を検査官ノ前ニテ即時ニ拝呈セハ、検官大感シ、以誉レヲ受ケタリ……

――三年間の勤務もほとんど満期日が近づき、ひそかに歓び楽しみにしていましたが、ああ予想外なことに、台湾の罪を問うことについて支那(清)との不和が生じ、このことによって、満期除隊は差止となりました。私が案じているのは、家に老いた母がいて、かつ忠義は尽くさないわけにはいかない、ひとつのことを全うしようとすると、もうひとつがならないということで、日夜、安心して寝食できません。そうしたところ、今般、陸軍上下士官生徒を少しばかり募集されるにあたり、志願する者は試験の上認められるとの趣旨で、私が考えますには、一先ず気持ちを奮い立たせて、天恩に報いようと思い志願いたしましたところ、九月七日に試験を受けました。未だに何の連絡もなく、日夜、合格を望んでおりましたが、行くか行かぬか（合否）が昨日判明しました。今般、兵員に加わった者はそのままで、たとえ志願しても合格せず、実に心残りとなりました。（中略）九月七日の試験のとき、私の気持ちを述べましたが、その文章を書いておきます。――今般、陸軍上下士官生徒に志願するについては、天恩に浴すること二年となり、いささか忠義を尽くしたと言っても、九牛の一毛（多くの牛の毛の一本＝取るに足らない程度の比喩）も報いることもできず、よって、傍らの人が指差して笑うのも顧みないで、ひとたび頑張って、有事の時には屍を原野に横たえて天恩に報いたい。予てから抱いていた志であります――右の文章を検査官の前で即刻申しましたならば、検査官が大いに感心され、誉めていただきました……

明治八年一月九日、津田三蔵は、陸軍伍長の辞令を下付され、念願の下士官となった。

台湾問題に伴う支那（清）との不和から、三蔵の満期除隊は差止となる。除隊を待ちわびている老いた母への思いと、「忠義」を尽くそうとするうえでの葛藤や、上下士官試験において、三蔵が検査官に述べた内容が記されている。「有事の時には屍を原野に横たえて天恩に報いたい」という三蔵の軍人としての決意や、「忠」、「天恩」などの文字からは、新たな為政者となった明治天皇を「忠誠」の対象としている三蔵の心情が伝わってくる。

江戸時代の幕藩体制は、領地や家禄を介在とした、将軍や藩主に対する絶対的な「封建的忠誠」が拠りどころとされた。江戸幕府が、西郷隆盛らによって倒され、明治時代に入ると、「王政復古」の大儀のもとに「天皇制的忠誠」を基軸とした国家作りが進められる。

江戸時代の幕藩体制における、藩への直接的な「忠誠」や「忠義」とは異なり、明治時代においては、さまざまな政治的な葛藤のなかで、精神的な対象として具現化された天皇に対しての絶対的な「帰依」あるいは「忠誠」へとかたちを変えていった。

三蔵が生きていた幕末から明治時代前半は、旧体制が崩壊した後の、新たな社会構造や政治体制が模索されていた激動期で、価値観をはじめ、それまでの生活概念とは大きく異なる新たな社会的変化が生じていた。家督を継いでいた三蔵も、秩禄《ちつろく》処分に伴い、明治十年（一八七七）に、父祖代々得ていた家禄を失い、代わりに金禄《きんろく》公債を与えられている。

津田家は、父長庵が江戸での失態によって主君の咎めを受けて、藤堂藩の御典医としての「名誉」を失墜させ、江戸から追われるように伊賀上野に移り住んでいた。三蔵が六歳の時に起きたこの事件は、三蔵が成長するとともに、その内面に藤堂藩という集団からの疎外感と、将来的にも立身出世が望めないというある種の絶望感を刻み込んでいく。

江戸幕府の終焉とともに、藤堂藩は消滅し、母きのから三蔵に託されていた津田家の名誉挽回は、明治という新たな国家体制のなかに求めざるを得なくなった。

長庵によって引き起こされた津田家の特別な事情と、それが生じた原因であった藤堂藩主との主従関係が崩壊していくなか、明治新政府によって創設された軍隊に志願した三蔵は、従順な性格もあって、明治という急激な社会体制の変容にあまり躊躇《ためら》うことなく、ひとりの兵士として新たな対象者である天皇への「忠誠」を尽くすことへと突き進んでいく。

〔津田千代吉宛〕明治八年四月十一日〔二十歳〕
当地も日々開化ニ趣、士ハ従前之士非ス、民ハ従前之民ニ非とカヤ、薄録之者、農為リ商成リ今日変化可憐也、然踏レシ草モ時ヲ得テ花咲クノ理ニヨッテ、一寸ノ光陰モ遊惰ナク勉励シ、偕ニ忠孝ヲ全シ耶、（中略）我儀先年より当地ニ趣而ヨリ読書共先生ヲ求、不肖ナカラ微シモ怠惰ナク勉力いたし候、然シ兵隊ノ身トシテ自用ニナラズ、纔カ月ニ八、九日ノ外出ニテ甚困ス、書習ノ先生ハ笹田蔵二ト申ス、此人東京ニ於テ勤番いたサレ候而学候也、当地ニ於テ菱湖先生ノ書ヲ学フ人、笹田先生計リ也、余ハ米庵アルイハ董昌ノ書人多シ、御国元ニ而者如何候哉、当地者仏英両学甚盛也、我モ学ヒ度ト存候得共、何分纔カ月ニ八、九日教習候而モ如何之勉力モシルシナク故、当営朋友之者学雖モ不日ニシテ辞ス、御当地（上野）ハ盛ンノ様子、実ニ羨シク候……

——当地（金沢）も日々開化しているようすで、士族は従前の士族ではなく民衆は従前の民衆ではないようで、俸給が少ない者は、農業や商業などを行うなど、今日の変化は憐れむべきさまです。しかし、踏まれた草も時を得て花を咲かせるの理によって、ほんの少しも怠けることなく、勉強し、併せて「忠孝」を全うする。（中略）私は、当地に来て以来、読み書きとも、先生を求めて少しも怠けることなく勉強しました。しかし、兵隊の身分ゆえに、なかなか自分のものとはならず、月にわずか八、九日の外出しかできないので、はなはだ困りました。書の先生は、笹田蔵二といい、東京で勤番をされていた時に学ばれた方です。金沢では、巻菱湖《まきりょうこ》先生の書を学んだ人は、笹田先生だけで、ほかは市河米庵や董其昌の書を書く人が多いです。伊賀上野ではいかがですか。金沢は、仏語、英語の両方がとても盛んで、私も学びたいと思っていますが、月に八、九日の教習では、勉強の効果もないようで、当営所の友達が学んでみても、日数を経ずしてやめてしまいます。御当地（伊賀上野）は、（開化が）盛んなようすで実にうらやましい限りです……

加賀前田家の培った豊かな文化風土の金沢の地で、三蔵は、書を習い、仏語や英語にも興味を示しているが、外出さえままならない軍隊生活ゆえに実現は難しく、故郷の伊賀上野の開化の様子を「実ニ羨シク候」と記すなど、文明開化に取り残された無念さも伝わる。旧藤堂藩の招聘《しょうへい》に応じて、三蔵が、軍隊に入ることとなった際の条件の中には、「修業を認める」という項目も含まれており、それなりの向学心を持って期待していたに違いない。

〔津田貫一宛〕　明治八年四月十三日

愚ニ御家督御譲リノ事ハ可然御取計リ被下度、愚モ其内帰郷ノ上ハ、脇（協）力同心シテ曩ノ栄ヲ取戻シ、以尊父ヲ弔ラハントコトヲ茲ニ渇望スルコト年アリ、然リト雖モ未タ不肖ニシテ時ヲ得サレハ時節ヲ俟ツニ然カツト愚考仕、（中略）御尊地ノ開化ハ如何ニ候哉、当地ハ蚕等製造会社ヲ企テ、過日ヨリ造成相成、実ニ盛ンナルコトニ候、士族ハ商法ヲ企タテ、大半中途ニシテ止ム、就中大刀ヲ帯ヒ、古人ノ状ノ如キモアリ、或ハ土民ニ落チ野菜ヲ担ウ者多々アリ、又ハ書生ノ状ノ如クニシテ、国史略ヲ持テ所謂蚊螟、、ト吠ユル者アリ、其坐食醜風嫉ム可シ。又所々ニ学校盛ンニシテ、十歳ヨリ廿歳計リノ者ニハ英学、仏学ヲ盛ンニシテ。英仏人弐名計リ居レリ、其地漢学モ盛ニ候、左ノ国史略ヲ以テ分（文）明ト吠ユル者ハ年齢凡ソ三、四十歳ノ者也、実ニ憫然ノ至候耶也……

――私に家督を譲られる事は、然るべく取り計らってください。私も、そのうち帰郷したうえは、協力し心を同じくして、以前の栄誉を取り戻して父上を弔いたいと、ここに年来、渇望しておりますが、未熟で劣っており時を得ていないので、時節を待つしかないと考えています。（中略）そちら（伊賀上野）の開化は、どのようですか。金沢は、蚕などの製造会社が計画され、過日より造られており実に盛んなようすです。士族は商売を企てますが大半は中途で止めてしまいます。その中には、大刀を帯びた古い人のごとき姿や、あるいは土民に落ちぶれて野菜を担う者も多くあり、また書生のような姿で、「国史略」を持って、いわゆる蚊蟆《ぶんめい》、蚊蟆、蚊蟆と吠える者があって、無職のまま生活している醜悪な風俗習慣は、憎むべきです。また、所々に学校が盛んとなり、十歳より二十歳ばかりの者の間では、英学や仏学が盛んで、英仏人が、二名ほどいます。この地は、漢学も盛んですが、「国史略」を持って文明と吠えている者は、年齢が、およそ三、四十歳の者で実に憐れむべきです……

この頃、三蔵は、九歳年上の兄貫一から津田家の家督を譲られている。理由は定かではないが、貫一の行状や放浪癖が原因ではなかろうか。その後、津田家の戸主としての責任と「曩《さき》ノ栄ヲ取戻シ」への期待という重荷を担っていく。士族としての誇りが高かった三蔵にとっては、同じ士族であっても、武士の商法で失敗したり、文明開化に応じられずに因循なまま仕事にもつかない士族の姿は、「憎み」、「憐れむ」べき対象にすぎなかったのである。

〔津田寛一宛〕　明治八年六月十八日

当時形勢ニ而者抗顔坐食之目的モ相立がたく、乍然抗顔坐食ハ素ヨリ望ム所ロニアラス、帰郷之上ハ粉骨斎（砕）身、以テ報恩且生活ヲ営ムヲ専一トナス、然ル処ハ愚カ日夜焦心スル処也、依テ家帰レハ農タリ商タリ工タリ、何ソ他人ノ指笑ヲ愧ツルニ足ン、（中略）只因循懶惰遊冶ニ陥リ、如夢ニ生涯ヲ尽スハ不望所也矣……

――今の状況では、抗顔坐食（大きな顔をして無職のまま生活する）の目的も立ちがたく、さりながら、抗顔坐食は、もとから私が望むところではなく、帰郷したうえは、粉骨砕身して御恩に報いるとともに、生活が営めるよう専念したいと思っています。こうしたことは、私が日夜気がかりにしているところです。郷里の家に帰ってから、農業、商業、工業の仕事をすることを、他人が指差し笑うのを愧《は》じることがありましょうか。（中略）ただ、因循や懶惰《らんだ》（怠けること）、遊冶《ゆうや》（遊び）に陥り、夢のごとく生涯を終えるのは、私が望むところではありません……

「徴兵告諭」にある「農タリ工タリ又商賈タリ、（中略）抗顔坐食シ」を踏まえて、兵役を終えた後の生活についての三蔵の決意とも言える内容であるが、「因循懶惰遊冶ニ陥リ」という記述の中には、兄貫一の悪しき所業への忠告の意味も込められているのではなかろうか。

〔津田寛一宛〕明治八年八月四日

当県管下ノ景況洋学校一開アリ、洋人二名ヲレリ、此校タルヤ旧藩ノ御殿ナリ、此校ハ城内ヨリ辰未（巳）ニ当レリ、依テ之ヲ辰未（巳）御殿ト申ス、生徒凡ソ二百名計リ、当節ニ至、追少員ノ趣ナリ、何如シタルワケヤ、学術ハ日増、月盛シテ、其生徒タル哉、旧臣ノ大禄ヲ食者ニシテ、過半懶惰遊冶ニヲチイリ、殆人力車夫ニ至ラントスル者多、嗚呼少年学コ、ニ注意セサル可ケンヤ、余ノ変則学校、女学校者日増、月ニ盛ナリ、師範学校、女子師範学校アリ、大概男女子共出席ノ風体、各石板、草紙、弁当ヲ持セリ、朝七時ヨリ夕五時退席ナリト、中進度コト山嶽ノ如クト雖、惜カナ練兵時間ノ喇叭ヲ報シ、コ、ニテ筆閣ク、再拝……

――当県（石川県）のようすは、（金沢に）洋学校がひとつ開かれており、外国人が二名いて、この学校は、旧藩の御殿で城内より辰巳の方角にあたるため、辰巳御殿と呼ばれています。生徒は、約二百名ばかりですが、今では減少しているようで、どうした理由でしょうか。学問は、日ごとに増し月ごとに盛んになりますが、生徒は、旧藩の大禄を食んでいた家の者で、大半が怠けたり遊びに陥ったり、人力車夫になってしまう者も多いようです。ああ、少年は、学ぶに際してどうしてこうしたことに留意しないのでしょうか。残りの変則学校、女学校は、日ごとに増え、月ごとに盛んになり、師範学校、女子師範学校もあります。大概、男女とも、出席する姿は、石板、草紙、弁当を持っていて、朝七時より出席し、夕方五時に退席するようです。申したいことは山ほどありますが、惜しいことに練兵時間の喇叭《らっぱ》が報せていますから、ここで筆を置きます。再拝……

文明開化に応じて、次第に開設されていく学校で学ぶことは、当時の三蔵の憧れであったが、兵士でいる間は、叶えられない夢でもあった。こうした現状に置かれていたせいか、旧加賀藩の大きな禄を食んでいた家に生まれるという恵まれた境遇にあって、学ぶ機会を与えられながらも、そのようにしない少年たちの姿に対して、厳しい非難の目を向けている。軍人ゆえに、学びたくても学ぶことのできない境遇にあった三蔵の心の葛藤が記されている。

西南戦争

明治政府は、近代国家への移行を早期に実現しようと、廃藩置県や徴兵制などの諸改革を次々と断行し、それまで士族が有していた特権を段階的に剥奪していった。こうしたなか、西郷隆盛は、不平士族のはけ口のひとつとして朝鮮征討を画策し、自らが朝鮮使節となって出向こうとしたが、大久保利通らの政府首脳と対立し、ついに、明治六年（一八七三）十月二十三日、参議の職に辞表を出して、桐野利秋らとともに故郷の鹿児島へと帰った。明治維新の大立役者が、明治政府から離反し下野するという事態となった。

明治九年（一八七六）三月二十八日に発布された「帯刀禁止令（廃刀令）」や、「金禄《きんろく》公債」の発行などの「秩禄処分《ちつろくしょぶん》」といった、士族制度へのとどめを刺すとも言える政策に反発を強めた不平士族は、西日本を中心に、神風連《しんぷうれん》の乱、秋月の乱、萩の乱などの反乱を繰り返し、大きなうねりを伴いながら、最大の内乱となる西南戦争へと突き進んでいく。

津田三蔵は、台湾問題の余波を受けて、三年での兵役からの除隊が先延ばしとなっていたが、鹿児島での西郷隆盛らの不穏な動向が伝えられ、やがて西南戦争が勃発すると、これを鎮圧するために、兵士として九州へと派遣される。生まれて初めて生死を賭けた実戦を経験した西南戦争は、津田三蔵の心の中に、過酷な戦場における鮮烈な記憶とともに、大津事件への引き金とも言えるトラウマを内在させ、ついには、顕在化して三蔵と家族の人生に大きな影響を与えることとなる。


明治九年（一八七六）九月十日、三蔵は、同じ金沢の陸軍歩兵第七連隊に所属していた伊賀上野出身の先輩の町井義純らとともに、加賀国能見郡小松での野営演習のため出張している。

同月二十五日、野営演習から帰営後、三蔵は、同連隊の書記助手を命じられる。

同年十月二十四日、熊本にて、神風連の乱が勃発するが、鎮台兵に制圧される。

明治十年（一八七七）二月十五日、西郷隆盛は、新政府に「訊問ノ儀、是レ有リ……」との趣旨のもと、鹿児島を出立、私学校党を中心に編成された西郷軍一万三千人が従う。

二月十九日、西郷隆盛追討の詔勅が出される。

二月二十一日、西郷軍が、熊本鎮台の谷干城《たにたてき》らが籠る熊本城を包囲、総攻撃を開始する。

二月二十五日、西郷隆盛の官位が褫奪《ちだつ》される。

〔津田寛一宛〕明治十年二月二十八日〔二十二歳〕

九州辺ハ何カ拂騰之旨、過ル念三日の命令ニ開戦ニ及ヒ候趣キ（中略）当地ノ士族ハヤハリ不平ヲ鳴シ、風説ニハ西郷氏ト通信スルトカ、県官ノ振舞カ悪イトカ、何ニトカ々トカ語多々々テ、県庁ハ諸官詰切リテ、邏卒カ堅メルヤラ、当営所ノ警備隊カ巡察斥侯スルヤラ、之レハ内々デスガ陰偵察ヲ出シ、不平士族ノ様子ヲ窺ヤラ色々ノ事ナリ。今ノ処テハ当地ハ慕（暴）動ノ模様ナケレトモ、西辺ノ旗色カ好クナレハ、随分慕（暴）起スル馬鹿モアリマシヤウ、当地ノ士族ハ至テ惰弱ニシテ、恐ルニ不足、唯々人ノ尾ニ付ク輩而巳ニシテ、決テ無気無力ノ馬鹿ナリ、唯々大禄ヲ盗テ高堂ニ深坐シテ糞ヲ作ルヲ知ル而巳、何為ソ彼ノ熊本如キ慕（暴）動ノ十分ノ一モ出来兼候間、少シモ御配慮被下間敷候也……

——九州のあたりは何かと沸騰した事態となっているようで、二十三日の命令では、開戦に及んだようです（中略）当地（金沢）の士族は、やはり不平を言っており、風説では、西郷氏と情報を伝えあっているとか、県の官員の振舞いが悪いとか、何かとごたごたして、県庁は、諸官が詰め切り、巡査が警固しているやら、金沢営所の警備隊が巡回斥候を行なうやら、これは内緒ですが、密かに偵察者を出して不平士族のようすを窺うなどいろいろと行なわれています。今のところでは、当地は暴動の模様はありませんが、西の方の旗色が良くなると、暴れだす馬鹿もいるでしょう。当地の士族は、弱々しく恐れるに足りず、ただただ人の尾につくものどもで、決まって無気、無力の馬鹿で、ただただ高い報酬を盗んで立派な家屋に深々と坐して、糞をつくることを知るだけであります。熊本のような暴動の十分の一も出来かねませんので、少しもご心配いただきませんように……

西郷隆盛の反乱の情報が伝わるなか、金沢における警備の状況や不平士族のようすとともに、金沢の士族に対する三蔵の気持ちが、痛烈なことばを交えながら表されている。

明治十年三月二日、津田三蔵の所属していた陸軍歩兵第七連隊第一大隊が、西郷隆盛軍の追討のため金沢営所を出発する。

三月十一日、大阪で鹿児島賊徒征討別働隊第一旅団に編入され、輸送船で長崎に向かう。三月十九日、熊本県八代《やつしろ》の日奈久《ひなぐ》南方の洲口《すぐち》浜に上陸。三蔵らの別働隊は、熊本城を攻撃していた西郷軍の背後をつく衝背《しょうはい》軍として派遣されたのである。翌二十日には、永山弥一郎が指揮する西郷軍と、八代の北方、宮原町と鏡町付近で戦闘状態となる。三蔵にとってはこれが初めての実戦であった。

二十六日午前七時、別働隊第一旅団を左翼に、同第二旅団を中央に、警視隊などからなる第三旅団を右翼とする横幅十二キロに及ぶ戦線を展開し、小川町方面への攻撃を開始する。敵味方入り混じっての壮烈な白兵戦となるが、正午過ぎには小川町を攻略する。この日の戦闘での死傷者は、政府軍四十九名、西郷軍四十余名であった。別働隊第一旅団の指揮下にあった別働隊第三旅団の兵士として参加していた津田三蔵は、戦闘中、左手背面から人差指と中指の間に貫通銃創を負う。負傷した場所は「大野」もしくは「大野山」と記されているが、当時の旅団の戦闘記録や戦闘要図によれば、小川町のやや南方に「吉野村大野」の地があり、このあたりで負傷したものと考えられる。同日付けで、八代繃帯《ほうたい》所連隊書記を申し付けられ、同地において応急的治療を受けている。


四月二日、長崎海軍臨時病院に入院し、五月二十日、治癒により同病院を退院する。

四月十六日、西郷軍による熊本城の包囲が解かれる。

四月二十六日、別働隊第一旅団が、鹿児島に派遣され、周辺の西郷軍との激闘が始まる。

五月二十三日、船にて熊本に渡り、熊本本営に出頭する。

五月二十六日、熊本より船にて鹿児島に到着し、別働隊第一旅団の本隊に復帰する。

〔津田貫一宛〕　明治十年五月二十九日
同廿日退院ニ相成、長崎御軍運輸局ニ於テ不足物品受取、該局ノ指揮ニ従ひ、西浜町川橋亭ニ止宿、同廿二日午後、肥后百貫陸軍運輸局江出発、御用船ニ乗組（船名赤龍艦）、同廿三日、該局当到（着）、是ヨリ熊本総督本営ニ着、出勤ノ届相述（中略）同廿四日百貫運輸局ヨリ満珠艦乗組、同廿五日午前四時、鹿児島港ニ発煙、同廿六日鹿児島江着、同午前八時頃上陸、第一旅団本営ニ到リ、夫レヨリ本隊ニ着ス、然ル処、当市中並士族屋敷皆兵燹ニ罹リ居タリ、士族ノ者共ニ立除ヲ被命候故、商人等モ共々桜島ノ所々ニ遁去ス、今ニ該人一民モ立入リヲ禁ス、然レ共、商人ハ各自家江帰リ商業ヲ許ト雖モ、敢而帰ル者ナシ、何トナレハ昼夜ノ砲声如雷、賊徒ハ武村武山ニ砲台ヲ築キ（城下ヲ隔ツルコト凡ソ弐百メートル乃至千メートルニ而有之）官軍城ノ裏手ノ山ヨリ甲月（突）川ニ沿テ胸壁ヲ築キ、軍艦ハ該川ノ入江スル処、鹿児島港ニ在テ迭ニ対向時罵詈ヲ極メ砲撃ス、最モ当所ハ敢テ進撃ヲ利トスルニ非ス、何トナレハ進撃スレハ守地大イナリ、守地大イナレハ従テ哨兵線大イナレハ守地大ニシテ兵足ラサレハ利ナシ、惟タ此ニ堅守シテ本道ヨリ進撃シ、敵ヲシテ進退自由ナラサルヲ謀レハナリ、本道ハ則チ人吉ニ出征ノ諸軍ナリ、当所賊軍凡ソ二千人余ナリト……

——同（五月）二十日に退院となり、長崎の軍の運輸局にて、不足の物品を受け取り、運輸局の指図に従って西浜町川橋亭に宿泊し、二十二日午後、熊本の百貫陸軍運輸局へと出発。御用船に乗組み（船名は、赤龍艦）、二十三日、当該局に到着。ここから熊本総督本営に着いて、出勤届を書き記し、（中略）同二十四日、百貫運輸局から満珠艦に乗組み、同二十五日午前四時、鹿児島港に向けて煙を上げ、同二十六日、鹿児島に到着、午前八時頃上陸し第一旅団本営に到り本隊に着任しました。鹿児島市中や士族の屋敷は、すべて兵火にかかっていて、士族の者に立退きを命じられたので商人らも桜島の所々へ逃げ、今は一人の住民も立ち入りが禁じられ、商人たちは、各自、家に帰って商業を許すと言われても帰る者はいないようです。何となれば、昼夜の砲声は雷のようで、賊徒は、武村の武山に砲台を築き（城下を隔てることおよそ二百メートルないし千メートル）、官軍は、城の裏手の山より甲突川に沿って（防御のための）胸壁を築いており、軍艦は、この川の入江の鹿児島港にあって、相対する時には、悪口を極めるような激しい砲撃をしています。もっとも、鹿児島は、進撃をするのに地の利があるとはいえません。なぜなら、進撃すれば、守備する場所が大きくなり、これが大きいと見張りをする範囲が大となり、守備する場が大きければ兵隊が足りなくなるので有利とならず、ただここを堅守して本道から進撃し敵の進退が自由にならないように謀っています。本道は、人吉に出征の諸軍で、当地の賊軍は、およそ二千人あまりなりと……

三蔵が、鹿児島の本隊に復帰した五月二十六日前後は、軍艦の砲撃支援を得ながら、西郷軍を鹿児島から駆逐する激戦が繰り返されていた。西郷軍は、西郷隆盛の屋敷があり、妻が留まっていた市外の武村の武山付近に砲台を築いており、これに対して、鹿児島港にいた政府軍の軍艦から激しい砲撃が加えられていた。

この時期、政府軍は、各地から人吉《ひとよし》盆地に集結しており、これに対する西郷軍は、投降者が相次いだ結果、六月一日に、政府軍が人吉を占領する。

六月十日、三蔵は、別働隊第一旅団第一連隊第一大隊書記を申し付けられる。

〔津田千代吉宛〕　明治十年六月十六日

過日官軍夕景ニ花火数十本打上ケ、実ニ万人ノ眼ヲ喜シム、賊軍此花火ヲ望テ吶喊囂々、賊山上ヨリ花火ヲ目的ニシ大砲五門交ル々々放撃ス、然レトモ官軍死傷無之、此夜賊ノ弾発烈、花火テ交リ、恰モ万星一時ニ降流スルカ如キヤト想像シタリ、此レヨリ毎夜賊軍モ花火ヲ打上ケ、打上ケルヤ否ナ直ニ官軍エ大小砲ヲ以テ火撃ス、然レトモ暗ニ鉄砲当ルコトナシ、官軍ノ海軍楽隊ハ音楽ヲ奏シ、隊付喇叭ハ色々様々ノ譜ヲ吹キ、鐘ヲ撞キ、或ハ三味線、太鼓、横笛ナソニテ夜中ノ囂々昼日ノ苦辛ヲ忘ル。本月十日御用之儀ニ而本部へ出頭候処、第一大隊書記申付ラレ候間、此段御承知被下度候、尚官軍守地ハ川ニ沿イ胸塁ヲ築キ、川中央ニハヤライヲ植へ、容易ニ襲撃ナリ難シ故、賊モ山頂ニ台場ヲ築キ、中々以襲フルニ利ナシ、只対向敵ヲ見留メテ放撃スル位ナリ、書記在勤中ハ隊長ニ従ヒ机ニ拠テノ仕事ナレハ、危キコトハ無之候間、御案心ノ為メ此段御承知被下度候事……

――過日、官軍が夕方に花火を数十本打ち上げ、多くの人々の眼を喜ばせました。賊軍は、この花火を眺めて、口々にうるさく、ときの声を上げ、賊軍は、山の上から花火めけて、大砲五門を代わる代わる撃ち放ちました。しかしながら、官軍に死傷者はなく、この夜の賊軍の砲弾の破裂は、花火と混じってあたかも万の星が一時に降り流れるかのように思われました。これより毎夜、賊軍も花火を打ち上げ、打ち上げるや否や直ちに官軍へ大小の砲で攻撃を加えました。しかし、暗闇の鉄砲は当たることはありません。官軍の海軍楽隊は、音楽を演奏し、隊附きの喇叭手は、いろいろな曲を吹き、鐘を撞いたり、あるいは三味線、太鼓、横笛などで、夜中のやかましさや昼のつらいことを忘れるのです。本月十日、御用があるとのことで、本部へ出頭したところ第一大隊書記を申し付けられましたので、ご承知おきください。なお、官軍の守っているところは、川に沿って胸塁（胸の高さに土を積み重ねて作った防御構築物）を築いて、川の中央には、矢来を植えて簡単に襲撃できません。賊軍も山頂に砲台を築いており、襲撃するのに利がないので、ただ、敵を見つけては攻撃するだけです。書記に在勤中は、隊長に従っていて、机においての仕事ですので危ないことはないのでご安心ください……

この時期の鹿児島における政府軍の本部は、城山下の米蔵付近にあり、西郷軍の本拠地は、郊外の武村にあった。戦争中にもかかわらず、政府軍側では、花火を打ち上げたり、軍楽隊の演奏が行なわれるなど、兵力や軍備が圧倒的に優位にあった状況を知ることができる。

三蔵の所属していた別働隊第一旅団は、六月末から八月末まで大隅、日向方面の各地を転戦する。

六月二十九日　錦江湾を渡って大隅半島の高須に上陸し、大崎へと進出。
七月　十二日　大崎を攻略して、都城包囲作戦のため志布志《しぶし》湾沿いの串間へと展開。
七月二十四日　都城が陥落。
七月二十七日　飫肥《おび》（現在の日南市）へ進軍後、北進する。
七月三十一日　宮崎、佐土原《さどわら》が陥落。

八月　二日　高鍋が陥落。別働隊第一旅団もこの攻撃に加わり、さらに延岡攻略のため美々津《みみつ》方面に展開。
八月　十四日　延岡が陥落。
八月　十五日　延岡北方の和田峠で戦闘が行なわれる。西郷隆盛は、桐野利秋らとともに全軍を指揮して戦うが、長井村付近で政府軍に完全に包囲される。別働隊第一旅団は、熊田北部に配備されていた。
八月　十六日　西郷軍の組織的な戦闘が事実上終結、西郷直筆による西郷軍の「解散令」が発せられる。
八月　十八日　西郷隆盛、桐野利秋らは、精鋭で編成した突撃隊で、可愛岳《えのたけ》方面の包囲網を強襲し、残敵掃討を逃れながら山中越えで鹿児島への帰還を果たすべく決死行を敢行する。

津田三蔵は、延岡付近に在陣中の明治十年八月十七日、征討総督本営から、陸軍軍曹に付する旨の辞令を受け取っている。肥後、大隅、日向などでの西郷軍との戦いにおける功績による昇進であった。同時に、別働隊第一旅団第一連隊第一大隊書記を免ぜられ、戦闘部隊である同大隊第二中隊附けに配属される。三月二十六日の戦闘時に負った左手の銃創が完治したのに伴い、再び最前線で戦う兵士となった。

〔宛先不明〕　明治十年八月二十四日

（前欠）烈ニ突破リ候ニ付（此トキ賊徒二タ手ニ分カレ、一ト手ハ囲線堅クシテ破ル能ハス、三千人許伏降ス）、直ニ尾撃、遂ニ賊ヲ僅ノ地区ニ追詰メ、当時進撃最中ニ候賊徒器械ヲ失シ、唯ニ刀槍而巳ヲ携帯候赴ナリ、当旅団儀者未タ尾撃前ヨリ未タ一戦闘不致候（中略）当時矢部ノ浜町江進軍相成中候事……

――（前欠）烈しく突き破ってきたので、（このとき賊徒は、二手にわかれ、一手は、囲んだ戦線が強固だったので、突破することができず三千人ほどが降伏しました。）直ちに、追撃し、ついに賊をわずかな地区に追いつめ、その時の進撃の最中、賊徒は兵器を失い、ただ刀や槍のみを携えている有様でした。私の旅団は、追撃の前には、ひとつの戦闘もしていませんでした（中略）当時は、（熊本県）矢部の浜町へ進軍していました……

「解散令」によって、西郷軍の大半は投降する。この手紙が書かれた当時の三蔵は、残敵掃討のため、延岡から熊本県の矢部の浜町（現在の大都町）に転戦していたのである。

八月末、別働隊第一旅団は、再び鹿児島へと戻っている。

〔母きの宛〕　明治十年八月三十一日

賊徒等日ニ勢力ヲ失ヒ、山野ニ潜伏シ、日一日モ生活ヲ盗スム目的ニヤ、官軍ニ抗敵憤撃スルノ勢モナク、只ニ官軍ノ際ヲ窺ヒ、囲線ヲ突破リ出テ、或ハ些少ノ糧食ヲ奪ヒスル動作ハ恰モ草賊ノ体裁ニ異ナラス、尤モ兵器ノ如キハ、惟ニ秋水ヲ腰間ニ横ル而已、故ニ壱戦毎ニ狙撃セラレテ、斃ル、コト夥多ナリ、実ニ可憐ノ草賊ニ非スヤ、愚案ツルニ西郷氏ハ昔日ノ忠臣ニシテ、国家ニ益スルコト並なク知ル処、為之一時人望ヲ得ルコト赤（亦）該氏之右ニ出ルコトナシ、然ルヲ今、反賊ニシテ天下ノ兵ヲ請ケ、俵（田原）坂ノ一戦大ニ敗走シ、為之八代口ノ戦ヒモ一時ニ敗走、此戦状ヲ以テ該氏ノ目的ノ達スルト不達ハ判然燎々タリ、然ルヲ西郷氏タル者野山ニ潜逃レテ日一日モ生ヲ盗ムハ、昔日人望ヲ得ル西郷氏ニ非ル也、定メテ狂気ノ西郷氏ト察ルモ理ナキニ非ンヤ、……

――賊徒らは、日毎に勢力を失って山野に潜伏し、毎日の暮らしを盗むのを目的にしているのであろうか、官軍に敵対し攻撃するだけの勢いもなく、ただ、官軍のすきを窺って、囲われた戦線を突破し、あるいはわずかな食糧を奪い去ろうとする振舞いは、あたかも山野に潜んだ草賊と異なりません。もっとも、兵器といっても、ただ秋水（曇りのないよく研いだ刀）を腰の間に差しただけで、そのため戦うたびに銃撃されて死ぬ者がおびただしい。実に憐れむべき草賊であります。私が思うに、西郷氏はかつての忠臣で、国家の利益に尽くした業績は並ぶものがないと知られており、一時の人望を得たことはまた西郷氏の右に出る者はありません。しかしながら、今は、賊となって天下の兵隊を受け止めており、田原坂の戦いに大いに敗走し、八代口の戦いでも、たちまちのうちに敗走、この戦いによって、西郷氏の目的が実現するかしないかは、火が燃えるように判然としました。にもかかわらず、西郷氏たる者が、野山に潜み逃げながら、日々における生を盗むのは、かつて人望を得た西郷氏ではなく、たぶん、狂気の西郷氏と察せられるのは理由がないことではありません……

かつて倒幕を通じて明治新政府の樹立に貢献し、参議、陸軍大将として大いなる人望を集めていた西郷隆盛であったが、自軍への「解散令」の後、その地で自害して果てることなく、可愛岳における包囲網を強襲して突破する。西郷隆盛自身は、鹿児島に立ち戻って粛々と死ぬことが、新政府に対する自らの「正義」を全うすることであると、山野を逃げ回ってでも帰ろうとしたのであるが、三蔵は、西郷たるもの、戦いに負けて自分の目的が実現しないと判った以上、西郷らしく潔い最期を飾るべきであるとして、そのようにしない西郷を「狂気ノ西郷氏」とまで厳しく書いている。

九月一日、西郷隆盛、桐野利秋らは四百人足らずの残兵とともに、ついに鹿児島へと帰還し、城山の山頂に本営を構える。九州各地から続々と鹿児島に集結した政府軍八個旅団の五万人の兵は、九月十日過ぎには、城山を完全に包囲し、西郷らが投降するのを待つこととなった。この年、夜空に異様に明るい星が出現し、赤い光の中に、「陸軍大将の正装をした西郷隆盛の姿が見えた」という「西郷星」の噂が、東京中心に広まっていた。「西郷星」を描いた錦絵が幾種類も売り出され、多くの人々がこれを買い求めた。かつて、江戸総攻撃の直前に、西郷隆盛が幕府代表の勝海舟と話し合い、江戸の町を戦火から救った事績から、たとえ反逆者となっていても、東京をはじめとする多くの国民にとって、西郷隆盛は、依然として偉大な「英雄」であり続けていた。赤い星の正体は、「火星」で、おりから西郷が城山に立て籠った後の九月三日に、地球に最も接近したのである。

九月二十三日の夜、数日前から岩崎谷の岩窟に立て籠っていた西郷隆盛は、桐野利秋と囲碁に興じていた。政府軍の総攻撃は、翌日の早朝と伝えられていた。やがて、水盃での宴となり、俗謡、剣舞、琵琶の演奏などが賑やかに続けられた。その後、突如、城山から数十発の花火が打ち上げられた。花火が大好きであった西郷への餞《はなむけ》であった。花火が消えると、錦江湾の軍艦上の軍楽隊が、城山に向かってショパンの別れの曲を奏でた。参軍の山縣有朋《やまがたありとも》が、最期を迎えようとする西郷隆盛に敬意を表して捧げたのであった。

〔母きの宛〕　明治十年九月二十五日

陣者当月廿四日午前第四時ヨリ大進撃ニテ大勝利、魁首西郷隆盛、桐野利秋ヲ獲斃シ大愉快之戦ニテ、残賊共斬首無算ナリ、此日楽隊音楽ヲ奏シ、各部隊ニ日ノ丸ノ旗ヲ掲ケ、戦士ハ凱歌ヲ歌ヒ、勇気山ヲ抜ク、項羽モ三舎ヲ避ルカト思ハル、勢ナリ、委細山海ノ御話ノ如キハ近日帰国拝眉ノ期ト楽居候……

——さて、当月二十四日午前四時より大進撃にて大勝利、悪者の頭領の西郷隆盛、桐野利秋を獲《と》らえて殺し、とても愉快な戦でした。残りの賊の斬られた首は数えきれないほど多くありました。この日、楽隊は、音楽を演奏し各部隊は日の丸の旗を掲げ、兵隊は、戦いに勝ったときに歌う歓びの歌をうたい、その勇気は、山をもつらぬくばかりで、勇猛な項羽であったとしても、これを恐れてしりごみするのではと思われる勢いでした。詳しい多くの話は、近いうちに帰郷して、お出会いしたときの楽しみといたします……

城山への総攻撃が行なわれた九月二十四日のようすを、「魁首西郷隆盛、桐野利秋ヲ獲斃シ」と、あたかも三蔵自らが西郷らを斃《たお》したかのように書いている。三蔵の手紙の中で、最も躍動的な文字で書かれており、数ヶ月に及ぶ西郷軍との戦いが、ようやく終結して生きて母のもとへ帰郷できるという安堵感も伝わってくる。三蔵のいた別働隊第一旅団は、城山の西側の、西郷らが立て籠っていた岩崎谷の反対側からの攻撃に参加したのである。

三百人余りとなった城山の西郷軍との一時間ほどの戦闘を「大愉快之戦ニテ」と書くことによって、「賊徒」とされていた西郷隆盛らを征伐したという高揚感とともに、三蔵にとっての「正義」と「忠誠」が全うできたことを、確信したのではなかろうか。

西郷らの死をもって、津田三蔵が生死を賭けた西南戦争は、結末を迎える。

〔母きの宛〕　明治十年十月二日

去月廿九日午後四時頃、黄龍艦乗組、同七時頃鹿児島湾ヲ解纜、当月一日午前第壱時頃、神戸江無故障着港仕、本日午前第九時頃上陸仕候処、長々戦地ニ罷在、不自由無極、困難致候砌、上陸後万自由ヲ得、恰モ別世界ニ蘇生スル心地仕、上陸後愉快ヲ相極罷募候条……

――先月二十九日午後四時頃、黄龍艦に乗組み、午後七時頃、鹿児島港を出航し、今月一日午前一時頃、神戸港に無事着いて午前九時頃上陸しました。長い間、戦地におり、不自由極まりなく苦労していましたから、上陸後、あらゆる自由を得てあたかも別世界に生き返ったような心地がして、限りなく愉快な気持ちが募りました……

明治十一年（一八七八）一月二十一日、三蔵は、陸軍歩兵第七連隊の書記を申し付けられる。達筆が乞われたのか、もしくは前年の手の負傷の影響による異動ではないかと推察される。

〔津田貫一宛〕　明治十一年五月二十八日〔二十三歳〕

追而御母上様御病症、稍々御快気之旨ニ而、御同慶安神致候得共、何分御老体之儀ニ付、随分々御看護専一ニ奉祈候、尚当県下格別厳戒ヲ加ヘ候儀モ無之候得共、過ル十四日、東京赤坂喰違ニ於而、参議大久保公兇賊六名之為メ殺害ノ事件ニ付、名古屋本台江直チニ電報ニ而通スルヤ、直チニ士官（即チ三重士族本荘中尉）壱名、昼夜兼行ニ而十六日半夜、当営江到着、大久保公遇害ノ云之電報ノ訳ヲ以テ、聯隊長ニ呈スルヤ、直チニ愚生筆記ヲ司リ、該官庁江報スルヤ、皆々驚愕一時内ニシテ、諸官員当営江集合ス、県官素ヨリ是ノ事件ヲ不知、直ニ来リ警戒ノ為、若干ノ兵ヲ乞フ、依而壱中隊県庁江派遣シ、市街ヲ巡邏セシメ、之レヨリ県官等ト偕共探偵、折々連累ノ者も有之、就中当県出仕等外警部巡査ノ内ニ、兇賊ニ与スル者数名アリ、之レ故県官始メテ驚懼スト云フ、右之党与ハ悉皆拘留、当時糺問中ナリ、誠ニ一時ハ当営所も紛離極メリ、過ル廿六日ヨリ警備隊も解キ、即今平事ニ相復シタリ……

——追伸、母上様のご病気の症状、次第に御快気との旨、御同慶とともに安心いたしましたが、何分にもご老体ですから、よほどよほど看護専一になされますよう祈っております。なお、当県下では特別に厳戒を加えるべきこともないのですが、去る十四日、東京の赤坂喰違において、参議の大久保公が、残忍で凶悪な賊六名のために殺害された事件について、名古屋鎮台へ直ちに電報があったので、直ちに士官（三重士族の本荘中尉）一名が、昼夜兼行して、十六日夜、当金沢営所に到着され、大久保公が害に遇われた電報の理由を連隊長に呈示されたので、直ちに書記の私が筆記して、該当する官庁に報せましたところ、皆々、一時に驚愕して、諸々の官員が当営所に集合しました。県の官吏はもとよりこの事件を知らず、直ちに来られて、警戒のため若干の兵隊の派遣を乞われたので、一中隊を県庁へ派遣し、市街を巡回させ、これによって県官等とともに調査したところ、折々事件に関与する者もいて、とりわけ、当県に仕える警部や巡査の中に、残忍で凶悪な賊に与《くみ》するものが数名おり、これによって県官がはじめて驚いたという次第でした。与した者は、ことごとく拘留され、糾問中であります。金沢営所も、一時は、ごたごたを極めましたが、去る廿六日より警備隊も解かれ、今は平時に戻っています……

西南戦争の翌年の明治十一年五月十四日朝、内務卿の大久保利通が、東京赤坂の喰違（紀尾井坂）で、島田一郎ら石川県士族五人と島根県士族一人の六人に襲われ暗殺される。島田らは、西南戦争に呼応して金沢での不平士族の反乱を図ったが失敗し、その後、同志とともに大久保の暗殺を実行したのであった。事件を起こしたのが旧加賀藩士の石川県士族であったため、彼らに関与する者について、津田三蔵が書記として関っていた陸軍を通じた情報伝達と探索が行われた事実がわかる。前年の二月二十八日付けの兄寛一宛の手紙の中でも、「当地（金沢）ノ士族ハヤハリ不平ヲ鳴シ、風説ニハ西郷氏ト通信スルトカ」と、不平士族と西郷隆盛に関する情報を把握していたことが記されている。

〔津田貫一宛〕　明治十一年九月三日

曽テ銃創ニ依リ兵役ニ難堪段申立候処、過ル廿四日、軍医之診断ヲ受ケ、然ル処該指ノ屈伸ニ差支候儀ニ付、いよゝゝ軍人ニ不堪段、其筋江上申相成候得共、御沙汰之儀者荏苒遅日之模様ニ候、何トナレハ全国一般各負傷ニテ、軍人ニ不堪者御調ノ上、然ル上ナラネバ御沙汰相成かたく旨……

――（西南戦争の際に）銃弾で撃たれた傷により兵隊の任務が困難であると申し立てていたところ、去る二十四日に軍医の診断を受け、その指の屈伸に支障があるとのことで、いよいよ軍人の職務に耐えられないという旨を関係先に上申いたしましたが、裁定については、延び延びになり遅れているようです。何となれば、全国的にいろいろな戦傷で軍人として耐えられない者を調査し、その上でないと裁定され難いであろう旨……

三蔵は、西南戦争で負傷した左手の後遺症に悩まされ、除隊まで願い出ていたのである。

明治十一年十月九日、鹿児島県逆徒征討の際の奮戦により叙勲七等の勲章と勲記、金百円を下賜される。帯勲者となれたことは、三蔵にとって、生涯最大の栄誉であり誇りであった。母きのに、津田家の名誉が挽回できたと、堂々と胸を張って報告したに違いない。

〔町井義純宛〕明治十四年（一八八一）十二月十九日〔二十六歳〕

小生儀常備軍満限期日来ル一月十日ニ付、最早日数二旬相成タリ、顧ミレハ多年服役中無事ニ奉努致シタルハ、実ニ幸福ノ至リ奉存候、満期ニ相成候ハヽ、当地ニ於テ両、三日間滞留之上出発可致存意ニ御座候間、此段母上へもよろしく御通知被下度候、満期除隊之上ハ、当県へ出仕之儀周旋致呉レ、是非当地ニ留任候様勧メ呉レ候得共、老母ヲ打捨置候儀ハ真意ニ背違候ニ付、一度帰郷之上万々御相談之上ト決意罷存候間……

――私儀、常備軍としての兵役の満期日が、来る一月十日となり、もはや日数は二十日となりました。顧みますと、長い年月の兵役の間、無事に務められたのは実に幸せなことと存じています。満期となれば、当地（金沢）に、二、三日滞在してから出発しようと思っていますので、このことを母上にもよろしくお知らせください。満期除隊の後は、当県（石川県）へ勤務することを斡旋してくれ、ぜひ当地に留まってくれるよう、勧めてくれていますが、老いた母を打ち捨てておくようなことは、私の真意に背きますことから、一度帰郷のうえ、いろいろご相談して決めたいと思っています……

この手紙が書かれた翌月の明治十五年（一八八二）一月九日に常備兵を満期除隊となり、後備軍躯員（予備役）を拝命して、長い軍隊生活を終える。金沢での就職の斡旋もあったが、郷里の母の面倒をみる立場上、実現することはなかった。

巡査時代

除隊後、郷里の伊賀上野に戻った三蔵は、明治十五年（一八八二）三月十五日、三重県巡査職を拝命し、上野警察署員としての新しい人生を歩み始める。毎月の俸給は七円であった。しかしながら、同年五月二十七日に、理由は定かでないが、上野警察署を依願退職する。

その後は、頼まれれば、得意の書を生かして代書人のような仕事をしていたという。

翌明治十六年（一八八三）十一月十九日、再び三重県の巡査職を拝命、松坂警察署勤務を命じられ、松坂本町字坊城小路の伊豆田芳蔵方に、母きのとともに寄留する。

この頃に発行された『阿拝郡上野市街明治地誌』に、帯勲者として、津田三蔵と町井義純の二人の名前が見られる。三蔵は、上野市の有名人となっていたのである。

明治十七年（一八八四）三月二十九日、妻の亀尾《きを》（伊賀上野在住の岡本瀬兵衛の次女）を入籍する。

〔町井義純宛〕　明治十八年（一八八五）一月七日〔三十歳〕

今般警察事務稍々進歩致シ、従テ規律モ又ハ正シク相成、御同然ニ繁劇困候折柄、深ク御配心被下候、貴意ノ厚キコト拝謝仕候、迂生事ハ心身ノ労ヲ不厭専務罷在候折柄、身体ノ運動モ宜敷壮健ニ有之候、且署長始メ一般信用ヲ受ケ候、然シナカラ当署ハ上給ノモノ欠員不致、一向上級ノ場ニ不至、遺憾ニ御座候、然シ当時ノ形勢不平ハ大損ニ御座候間、烈風ノ柳ニ於ルノ心ヲ以テ、耐堪罷在候……

——今般、警察事務は、やや進歩し、従って規律もまた改正され、あなたと同じように繁忙に困っていましたおりから、深くご心配いただきましたことに、心から感謝しています。私は、心身の疲れも厭《いと》わずに仕事に専念しており、身体の動きもよろしく健康です。かつ、署長はじめ皆から信用を受けていますが、松坂署では、私より給料の上の者が欠員とならず、一向に上級の立場に至らず遺憾に思っています。しかし、今の状態に対する不満な態度は大損となりますので、烈風の中の柳の心でもって耐えております……

町井義純は、上野警察署詰めの巡査であった。三蔵にとっては、何かと問題を起こしていた実兄の貫一とは異なり、兵隊から巡査へと同じような道を歩んだ町井義純は、三蔵が、唯一心を許すことができた存在であった。藤堂藩士であった町井家は、武術をもって仕えていたが、義純も、幼少の頃から剣に秀で、十代半ばで目録を与えられ、幕末の禁門の変においては、御所の紫宸殿の警備を行っていたという。義純は、兄寛一と同じく三蔵より九歳年上で、金沢の陸軍歩兵第七連隊に所属して共に西南戦争に従軍して勲章をもらい、伊賀上野における帯勲者として知られていた。こうした縁で、三蔵の妹ゆきが、明治十二年（一八七九）八月に、町井義純に嫁いでいる。手紙の後段では、松坂署での巡査としての仕事が述べられているが、それを「烈風の中の柳の心で耐えている」と、従順な三蔵の姿として書き記している。

明治十八年一月八日、満期により、後備軍躯員を免ぜられる。

同年三月二十七日、窃盗犯逮捕の功績により、賞金六十銭を授与される。

同年五月二十日、三蔵に長女みへが誕生する。妻の亀尾が、はしかに罹ったなかでの出産であった。

同年八月一日、上席巡査への侮辱（松坂中町の棒屋での親睦会の席上で、同志三名とともに、不和を生じていた巡査を殴打）により、三重県巡査職を免職される。

その後、同月十六日付けで滋賀県巡査職へ志願するための志願書と履歴書を作成して滋賀県大津警察署の奥村警部補宛に送付している。同二十一日付けの手紙では、履歴書に、「後備軍躯員を満期で免ぜられた旨」の追い書きとともに、受験への配慮を依頼している。

一方、九月二十日付の町井義純宛の手紙には、三蔵は、大阪府の巡査を志願していたのか、同月十六日に、島ヶ原駅から木津駅を経由して単身で大阪に赴いており、巡査に採用されると妻帯者でも一ヶ月は巡査合宿場に入れられるが、家族のあるものに限って下宿が許可されるとの具体的な事柄も記されている。妻亀尾から三蔵に宛てた手紙も残されており、採用されて巡査合宿場にいたようである。しかし、三蔵の職歴には、大阪での巡査経歴はなく、同年十月十九日、同年八月に「巡査志願書」を出していた滋賀県巡査職にかかる試験を受けて合格して、十二月四日に滋賀県水口《みなくち》警察署詰めを命じられ、滋賀県での勤務が始まる。月俸は七円であった。

〔町井義純宛〕　明治十八年十二月廿六日
娘みへ事、長々病気中之処薬効不奏、竟ニ去ル十九日午後第八時死去致し候趣、岡本ヨリ通報有之驚入候、廿一日午後六時出棺、葬送式御執行被下候旨、難有仕合奉存候、扨テ娘存命中モ特ニ御重愛ヲ蒙り候ノミナラス手厚キ御世話被下候由、死者ニ於ルモ嘸満足可致奉謝候、迂生一応帰郷可致本意ナレトモ、忌服令ニヨレハ三日間遠慮ニシテ、何分余日も無之ノミナラス、折節村落へ出張中ニシテ、帰郷ナス不能、定メテ町内ノ弊習有之処ニシテ、御迷惑至極奉推察候……

——娘みへ、長々と病気中でしたが、薬効かなわず、ついに去る十九日午後八時に死去いたしましたとの、岡本家からの通報があり驚いています。二十一日午後六時に出棺、葬送式を執り行っていただき、ありがたく幸せに存じています。みへ存命中は、とりわけご重愛をいただいたのみならず、手厚いお世話をいただき、死者もさぞかし満足のことと感謝しています。私も、直ちに帰郷するのが本意で、忌服令によれば三日間遠慮することとなっていますが、何分にも日もあまりなく、時々村落へ出張中でありますため、帰郷することができません。町内のしきたりもありますことから、ご迷惑を大いにおかけすることと思っております……

この年の五月に生まれた長女みへが亡くなる。長々と病気中とあり、伊賀上野の妻の実家の岡本家からの連絡があったとの内容から、みへが亡くなったのは妻の実家で、水口警察署詰めであった三蔵は、仕事が多忙なために葬式にも帰れなかったのである。

この手紙に残された文字は、西南戦争当時の力強い三蔵の筆跡と比べると、同じ人間が書いたとは思えないほど、弱々しい細い文字で綴られている。

子を亡くした父親としての三蔵の悲しみと、そうした中でも巡査としての多忙な毎日に追われて、葬式にも帰郷できない無念さが感じられる。

長女を亡くした三蔵は、翌明治十九年（一八八六）一月に、水口に母きのと妻亀尾を引き取って同居する。同年五月十二日付けの町井義純・岡本瀬兵衛・岡本静馬宛の手紙には、同日付けで、水口警察署の石部分署に転勤を命じられ、翌日に赴任する旨が記されている。同年六月三日付けの町井義純宛では、石部分署に赴任したが、この地でも悪い疫病が流行して、「寸暇ヲ不得ノミナラス」、村々に出張して分署に戻っても、「人少ニシテ、殆トント困入」と、巡査の多忙な仕事のようすが綴られている。

明治二十年（一八八七）二月十五日、前年中、職務格別勉励につき、慰労金三円を給与される。同年六月十三日、月俸金八円を給与される。同年九月五日、窃盗犯の捜査、逮捕につき、賞金五十銭が下賜される。三蔵は、職務に忠実で、模範的な巡査であった。

明治二十一年（一八八八）四月、三蔵が赴任していた水口警察署管内の甲賀郡では、滋賀県議会選挙における選挙違反事件に関して郡の役人が一掃され、警察署長も更迭される。警察や巡査などの不正を暴く投書も寄せられるなど混乱するなか、滋賀県内全ての巡査の異動が順次に実施され、三蔵は、九月二十四日、東浅井郡《ひがしあざい》速水《はやみ》警察署へ転勤となる。琵琶湖の北部で冬季は雪深い寒冷地となるため、母きのは、伊賀上野へと戻っている。

明治二十二年（一八八九）二月十一日、大日本帝国憲法が発布される。これに伴う恩赦（大赦令）により、西南戦争に西郷軍として従軍した全兵士の罪は免ぜられ、西郷隆盛に対して、西南戦争に伴って褫奪《ちだつ》された正三位が追贈され名誉が回復される。これには、勝海舟らの働きかけや、西郷隆盛の死を知らされたとき、「朕《ちん》は、西郷を殺せとまでは言わなかった」と悔やまれた、明治天皇の西郷に対する強い気持ちが反映されたといわれる。

湖北の駐在所に勤務していた津田三蔵は、速水警察署に報告文書を届けに行った際に、そこにあった日出新聞の小見出しに、「西郷翁、ついに天下に甦る……」との文字を見つける。「賊徒」であった西郷隆盛の汚名がそそがれた記事は、兵士として西南戦争に従軍していた青春の日々が暗雲に覆われ、唯一の名誉の象徴であった勲章の輝きが衰えたような複雑な心持ちにさせた。西南戦争から十年余りの歳月のなかで、ほとんど忘れかけていた西郷隆盛の「偉大な存在」が、ある種の陰りとなって三蔵の胸中に甦ろうとしていた。

〔町井義純宛〕　明治二十二年十月二日〔三十四歳〕

当地（東浅井郡速水）警察事務ハ漸々頻繁ヲ来シ、就中戸口調査ノ周密ナルコト、凡ソ駐在所受持巡査ノ戸数ハ千戸ヨリ七百戸迄ノモノニシテ、毎月全戸数一回ノ調査ハ是非トモナサヽルヲ不得、尚ホ之レニ加ヘルニ、警察ノ取締ニ関スル営業者臨検ヲ始メ、前科者等ノ視察ハ月ニ三回已以ノ臨検、其臨検ノ周密周到ナルコト実ニ驚クヘクモノニテ、其他盗難ノ実況上申書等ニテ犯者捜査等ヲ兼ね、寸分ノ余暇ハ無之モノ、如シ、然シテ戸口調査ノ成蹟、監査、監督等有之、不都合ノ点ヲ発見スレハ、必ス懲罪ヲ喰ノモノナリ、恰モ戸口調査巡査ノ如シ……（欄外横書）「目下米価俄騰貴ニ際シ、難窃盗乞丐越、強盗等続入込ミ、為メニ昼間巡回戸口調査ヲ廃シ、夜間巡回要路見張等ニテ、昼間ハ捜査、夜間ハ徹夜ナリ」……

――当地の警察事務は、次第に頻繁となり、中でも戸口調査は、隅々にまで行き届き、駐在所を受持つ巡査の担当する戸数は、千戸から七百戸までで、毎月全戸数を一回調査することはぜひともしなければならず、加えて、警察の取締に関する営業者の臨検をはじめ、前科者等の調査として、月に三回ほどの臨検をし、そうした臨検の手抜かりのない周到さ

郵便はがき

お手数ながら切手をお貼り下さい

5 2 2-0 0 0 4

滋賀県彦根市鳥居本町655-1

サンライズ出版 行

〒
■ご住所

■お名前《ふりがな》　■年齢　歳　男・女

■お電話　■ご職業

■自費出版資料を　希望する・希望しない

■図書目録の送付を　希望する・希望しない

サンライズ出版では、お客様のご了解を得た上で、ご記入いただいた個人情報を、今後の出版企画の参考にさせていただくとともに、愛読者名簿に登録させていただいております。名簿は、当社の刊行物、企画、催しなどのご案内のために利用し、その他の目的では一切利用いたしません（上記業務の一部を外部に委託する場合があります）。

【個人情報の取り扱いおよび開示等に関するお問い合わせ先】
サンライズ出版 編集部　TEL.0749-22-0627

■愛読者名簿に登録してよろしいですか。　□はい　□いいえ

ご記入がないものは「いいえ」として扱わせていただきます。

は実に驚くべきもので、その他盗難の実況上申書等によって犯人捜査等を兼ねるなど、寸分の余暇もない状態で、戸口調査の成績、監査、監督等があり、不都合の点が見つかると、必ず懲罪を喰うこととなり、あたかも戸口調査巡査のようです……（欄外横書）目下、米価が俄かに高騰したため、窃盗、乞食、強盗などが続いて入り、このため、昼間の巡回戸口調査をやめて、夜間巡回、主な道路の見張りなど、昼間は捜査、夜間は徹夜となっています……

〔町井義純宛〕　明治二十二年十二月

客月進級試検ヲ受ケ、級（及）第ノ上本月十一日九円俸給与相成申候、不肖大僥倖ニテ存外ノ至リ有之候、右一寸御報告申上候也……

——先月、進級試験を受け、合格したうえ、今月十一日、九円の俸給をいただくこととなりました。思いがけない幸せとなりましたので、ちょっとお報せいたします……

戸口調査とともに、窃盗や強盗などへの夜間巡回にも追われ、多忙を極める駐在所巡査の職務内容が詳細に記されているが、その筆跡は、慌しく走り書きのように乱れている。そうした多忙さの中にあっても、進級試験を受けるなど、勉励と職務に忠実な津田三蔵の実像が伝わる。

同年十二月二十七日、職務格別勉励につき、慰労金二円八十銭を給与される。

明治二十三年（一八九〇）九月四日、守山警察署詰めとなり、三上駐在所勤務となる。

同年十二月二十六日、職務格別勉励につき、慰労金二円五十銭を給与される。

〔母きの宛〕　明治二十四年（一八九一）四月七日〔三十六歳〕

曩に毎々御書面被下拝承仕候得共、何分不如意の次第有之、為めに御送金苒荏延引に渉り、何共申訳無之次第、恐縮罷在候、不取敢金参円也、別紙為換券面の通御送付仕候間、例の如く御受取被下度候、……

――先に、その度ごとにお手紙をいただき、謹んで承っておりますが、何分にも、家計が苦しくお金がないため、送金が長い間遅れ、申し訳なく恐縮しています。取り敢えず、三円、別紙兌換券のとおり送付いたしますので、例のごとくお受け取りください……

大津事件の一ヶ月前、母きのに宛てて、津田三蔵が書いた最後の手紙である。三蔵に対して金銭支援を求めてくる母に、九円の俸給の中から三円の仕送りを行っている。伊賀上野にいた母きのは、度々、生活費を送ってくれるよう三蔵に手紙を届けており、三蔵は、苦しい家計の中から捻出して、母の求めに応じていたのである。三蔵は、それらを兌換券にして送っていたが、その都度、母に節約と無駄遣いをしないよう書き添えている。

大日本帝国憲法が施行された明治二十三年（一八九〇）十一月二十九日、第一回帝国議会が開かれる。自由民権運動の発端となった「民撰議院設立建白書」の提出から十数年、政党政治への民衆の大きな期待のもとでの開会であった。帝国議会は、総理大臣の山縣有朋が提案した、軍備を増強するための予算の拡大を巡るかけひきとなり、過半数を占めていた立憲自由党が政府案と対立し原案は一旦否決される。しかし、政府側による議員への懐柔策によって、結果的には軍備拡大予算が、賛成多数で可決されてしまう事態となった。

帝国議会における混乱は、民意が反映される政党政治を待望していた人々に深い失望感を与え、政治不信がつのるとともに、混沌とした世の中を救済してくれる「英雄」の登場が期待されるようになった。名誉が回復された西郷隆盛が生きているという噂は、こうした世相から生み出されたのであった。

そうした社会情勢のなか、日本側の要請に基づき、明治二十四年四月から五月にかけて、ロシア帝国のニコライ皇太子の日本訪問が行なわれることが正式に決定される。大国ロシアとの友好が不可欠とされた時代の出来事である。

当時のロシアは、不凍港の獲得を目的とした「南下政策」を進めていた。十九世紀半ばには、黒海沿岸のクリミヤ半島の支配を巡ってオスマン帝国と戦争となるが、イギリスなど欧州列強の介入によって挫折させられる。その後、一八七七年の露土戦争によって、オスマン帝国に勝利してバルカン半島での覇権を握るが、再び列強諸国の圧力を受けて、この方面での「南下政策」は小康状態となる。一方、極東方面における「南下政策」にも乗り出しており、一八六〇年には、太平天国の乱などで国力が衰えていた清国との間に北京条約を締結し、ついに念願の不凍港であるウラジオストックの領有化に成功している。

日本との関係では、幕府とのあいだに交わされていた「日露和親条約」を補完するため、明治八年（一八七五）に「千島樺太交換条約」が締結され、樺太の全てがロシア領となる。

明治二十四年、ロシアは、満州（中国東北部）や朝鮮半島を視野に入れつつ、ウラジオストックから太平洋への海洋進出を図るため、シベリア鉄道の建設に着手しようとしていた。ニコライ皇太子の日本訪問は、シベリア鉄道の終着地のウラジオストック側の起工式に向かう途上に立ち寄るかたちで実現したのである。極東におけるロシア帝国による「南下政策」は、軍事、経済力において未だに弱小国であった我国の政府や国民のあいだに、「恐露病」と呼ばれていた危機感をもたらしていた。ロシアの極東での目論みは、近代化をめざしていた我国の国益を左右し、存続にまでに影響を与えかねない重要問題であった。

ロシア帝国のニコライ皇太子の訪日が近づいてきた三月末から四月半ばにかけて、西郷隆盛は城山では死んでおらず、夜陰に紛れて脱出してロシアへと渡って生きながらえ、ニコライ皇太子とともに帰国するという風説が、またたくうちに広がり、日本中を席巻する。皇太子が来日する目的も、近い将来、日本の領土を蚕食《さんしょく》するための下調べであるといったさまざまな憶測も生まれるなか、ニコライ皇太子の訪日と西郷隆盛の生還は、人々のあいだで一体化して受け取られるようになっていった。

「西郷死なず」の内容は、城山で実際に死んだのは西郷翁の五人の影武者のひとりであったとか、シベリアに行った日本人が、彼の地で西郷によく似た人物と出会ったなどという、言わばたわいもない噂であったが、新聞という当時最大のマスメディアによって、人々のあいだに実《まこと》しやかに浸透していく。さらには、西郷が座って見えるというあの「西郷星」が現われるという噂も流布され、これに呼応するかのように、西南戦争の時と同じく、この年の秋にかけて、地球に、赤い星（火星）が大接近しようとしていた。

津田三蔵にとって、ニコライ皇太子とともに、西郷隆盛が帰ってくるという噂は、単なる噂として聞き流すわけにはいかなかった。「賊徒」や「朝敵」であった西郷隆盛の汚名がそそがれた後、世間では西郷の再登場を待ちわびているという風説が広まっていた。この年の四月初め、多くの新聞に、立て続けに西郷の生存に関する記事が載せられ、三蔵は、地元の日出新聞が掲載する西郷の記事を読むため、毎日のように用事を作っては、新聞がおかれていた守山警察署まで出かけていた。記事を見つける度に三蔵の気持ちは乱れた。

そうしたなか、四月半ば、東京の芝区三田四国町住んでいた弟の千代吉から、三蔵のもとに、『露国皇太子上陸之図』と題された一枚の錦絵が届けられた。錦絵の作者は、東京浅草で活躍していた浮世絵師の東洲勝月《とうしゅうしょうげつ》で、絵の中央には赤色の軍服を着たニコライ皇太子が立ち、その両脇に、大礼服に身を包んだ西郷隆盛と副将の桐野利秋らが描かれていた。

千代吉にとっては、兄の三蔵に、東京での西郷人気を表した華やかな錦絵を贈ったつもりであったが、三蔵は、錦絵として目に見えるかたちで鮮やかに描かれた西郷隆盛の姿に、新聞記事とは比べようのない、大きな衝撃を受けた。

単なる噂にすぎなかった西郷生還説は、やっきになってこれを押さえ込み、払拭しようとしていた政府の思惑とは異なり、全国へと急速に伝わっていく。

生来、物事に拘りがちで、安易に聞き流すことができない性格であった三蔵にとって、西郷隆盛は、暗黒から現われた赤い星が急激に膨張していくような恐怖感とともに、消し去ることのできない存在となって心の中へ深く沈殿していった。

西郷生還の風説がようやく収まりかけようとしていた五月一日、津田三蔵は、次女の完《みつ》を連れて故郷の伊賀上野に行き、母きのの処遇について親戚を交えた相談を行なっている。前年九月に湖北から、温暖な湖南の地にある三上駐在所に転勤後も、母きのは伊賀上野の徳井町の廣出甚七方に間借りしたままであった。母と妻亀尾との間における確執があったのか、あるいは母が伊賀上野を離れようとしなかったのか、いずれにしても、三蔵にとっては頭の痛い問題であった。この時、妹ゆきの夫である町井義純宅も訪れており、その際に、西郷の生存説に関して次のような話をしたという。

——本月一日、津田三蔵ガ自分宅ニ来リ種々ナル談話中、三蔵ハ今度露国皇太子ガ来ラレルソーナガ、夫ニハ西郷モ共ニ帰ル由、西郷ガ帰レバ、我々ガ貰ッタル勲章モ剥奪サルベシ困ッタコトダト話シタルニ付、自分ハ滋賀県ノ駐在所ニハ新聞誌ハ無キカ、西郷云々ノ虚説タルコトハ近頃ノ新聞ニハ明瞭シ居レリト申シタル処、三蔵ハ駐在所ニハ新聞ハナイガ、ドーモ事実ナラント思ヘリ、ナゼナレバ、一国ノ皇太子ガ日本ニ御出ルナラ、先ヅ東京ニ御出ニナルベキニ、鹿児島ニ一番ニ行カル、ハ西郷アル為メナルベシ、一体表門ト裏門ト取違ヘタル様ノ噺ナリト申シ、三蔵ハ西郷帰国ノコトヲ信ジ居ル様ニ相見ヘ、其噺

ハ夫レ切リニ相成タルコトニ有之候――（「大津事件」の津田三蔵義弟調書より）

四月二十七日、ニコライ皇太子の乗った艦隊は、長崎に到着するが、その後、神戸に直接向かわずに、五月六日に鹿児島の地を訪問している。鹿児島では、わずか十時間あまりの短い滞在であったが、こうしたニコライ皇太子の不可解な行動は、西郷隆盛を故郷に送り届けようとしたのではないかという疑惑とともに、三蔵の内面に強く刻み込まれた。三蔵には、ニコライ皇太子と同行している西郷隆盛の姿が、より現実味を帯びたものとなって見え出していた。

五月九日午後一時、神戸港に到着されたニコライ皇太子一行は、午後四時、特別列車で神戸停車場を出発され、京都七条停車場で下車後、午後六時五十分過ぎに、宿泊先である京都の河原町二条の常盤ホテルに入られた。

西南戦争記念碑前（三井寺観音堂上の台地）

ロシア帝国のニコライ皇太子が、琵琶《びわ》湖畔の大津の町を訪問された明治二十四年（一八九一）五月十一日は、朝から快晴で、朝靄《あさもや》が消えた三井寺《みいでら》の山々は、おりからの鮮やかな新緑に包まれ、我国が初めて正式に迎える国賓の皇太子の到着を待っていた。

野洲《やす》郡三上村大字三上にあった守山警察署三上駐在所の巡査津田三蔵が、所轄の守山警察署に呼び出されて、近藤治清署長から直々に、大津に赴いてロシア皇太子の警衛を行うように命じられたのはその三日前の八日午後のことであった。

駐在所に戻った三蔵は、妻の亀尾に、「（皇太子殿下）御来津《らいしん》ニ付大津へ出張ヲ命ゼラレタルハ、全ク署長ガ平素勉強ノ報酬トシテ旅費ヲ取ラセ呉レラルル訳ナリ」と喜んで話したという。従順かつ頑なともいえる三蔵の勤務態度が、皇太子の警衛適任者として推挙された理由であったであろうが、三蔵自身は、平素励んでいる自分のために、近藤署長が、何がしかの旅費収入を得させてやろうと選んでくれたのだと思い込んでいたようである。

翌九日の午前六時三十分、三蔵は、三上駐在所を出て大津へと向かった。妻に、「御通行早ク相済トキハ直ニ帰宅スベク、若シ遅ク相成トキハ大津ニ一泊、翌日必ラズ帰宅スベキ」と、警衛が済んだ後の帰宅方法に関しても具体的に話していたなど、三蔵のようすに、普段と変わった点は少しも見られなかったという。

外套を手に、折りたたみ式の提灯と煙草入の入った肩掛けの革鞄という出で立ちで、煙草入れの中には少しばかりの銭と、鞄の底には、革箱に入った勲七等青色桐葉章《とうようしょう》が納められていた。この勲章は、西南戦争での軍功によって、明治十一年十月九日に勲記と金百円と一緒に下賜されたもので、何ものにも変えがたい三蔵の名誉の証しであった。

守山警察署管内から派遣された巡査は、津田三蔵を含めて九名で、大津に到着した後は、琵琶湖岸に近い湊町の街角にあった佃テイが営んでいた旅人宿を宿泊所とした。

ニコライ皇太子の警衛のため、滋賀県内の各警察署からの動員された総数は、百六十八名で、警部十一名、巡査百五十三名、雇い人四名で編成されていた。

総指揮者は、大津警察署長の桑山吉輝であった。桑山は、ニコライ皇太子一行が、京都に到着された九日の夜、全員を集合させて、警衛に関する心得書（御警衛中警部巡査心得方）を配布し、速やかな内容熟読を命じた。

三蔵は、滋賀県警警務課長の西村季知警部が指揮する第七班（十八名）に配属され、三井寺周辺、濱通《はまどおり》の小学校付近、そして事件現場となる下小唐崎町《しもこがらさきちょう》と、皇太子の巡行に応じて三ヶ所の警衛につくこととなった。

十日の朝、皇太子が来津される予定が一日繰り上げられたとの連絡が京都府警からもたらされた。急遽、警衛配置が命じられ、三蔵も三井寺観音堂の上にあった西南戦争記念碑前で待機したが、一時間後に、それが誤報であったことが伝えられ、解散となった。

翌十一日、ニコライ皇太子を迎える大津の町は早朝から慌しかった。午前七時、西村警部は、最初の警衛箇所である三井寺東麓から三井寺山門の間に、第七班の警部、巡査を、順次割り当てていった。三蔵は、守山警察署の富家利八巡査とともに、西南戦争記念碑前に配された。それは全く偶然であったが、現実の津田三蔵と、過去の西南戦争の戦場における津田三蔵とを手繰り寄せ、午後の大津事件の舞台へと三蔵を誘う序章の始まりとなった。

その前夜、自慢の青色桐葉章を佩用《はいよう》して警衛に立とうと考えた三蔵は、宿屋の者に、胸に勲章を吊るすための打ち紐を求めたが、あいにく白糸しか持ち合わせがなかった。打ち紐を購入する時間もなく、結局、勲章は、三蔵の鞄の中に残されたままとなった。

大津の地には、明治八年（一八七五）三月に陸軍歩兵第九連隊が駐屯し、二年後の明治十年（一八七七）に起きた西南戦争に際して征討軍として派遣されている。三月七日、熊本城攻撃中の西郷軍と田原坂で遭遇し激戦となり、この日だけで二十三名が戦死するなど、終戦までに、全国から派遣された連隊中、第二番目に多い四百四十一名もの戦死者を出していた。

西南戦争の翌年の明治十一年、第九連隊の奮戦を称え、戦死者を慰霊するために、琵琶湖を一望する三井寺観音堂の上の台地に、砲台を模した高さ六・六メートルの「記念碑」が建立された。同年十月、明治天皇が、北陸巡幸の帰路に、この記念碑に行幸されたことから、それ以来、この一帯は、「御幸山《みゆきやま》」と呼ばれるようになった。

皇太子の大津訪問に備えて、記念碑の前には、地元の有志によって楷楽亭《かいらくてい》と名付けられた茶席が設けられ、傍らの展示台には、西南戦争の戦死者の記念の銃が数丁置かれていた。

第一回目の警衛では、三蔵は、記念碑の近くにある製茶の碑の前に、富家巡査は、記念碑の前に立った。

西南戦争ゆかりの記念碑を見上げながら、三蔵は、先月の四月十五日から三日間、この場所で西南戦争の十五周年記念祭が執り行なわれ、長等の山々を戦場と見立てて、第九連隊の兵士が紅白にわかれて西南戦争を彷彿させる模擬戦闘を展開したとの日出新聞の記事を思い出していた。

かつての戦場の場へと回想を巡らせているうちに、いつしか三蔵の胸の内に、西南戦争で経験した、湧き上がる吶喊《とっかん》の声や耳元を突き裂く銃弾の音、白兵戦で入り乱れる兵士とともに、激戦のあとに残された累々たる戦死者の姿が甦ってきた。

「記念碑」の文字が刻まれたオベリスク型の御影石の碑は、朝の光の中に神々しく輝き、その勇姿は凛々しく不動の姿勢をとっている兵士のように見えた。

三蔵は、あわてて背筋を伸ばし、靴音を立てて踵《かかと》を整えると、軍隊時代そのままの仕草で挙手の敬礼を返した。突然何かにとりつかれたような三蔵の行動を見ていた富家巡査が、怪訝《けげん》そうな表情を浮かべた。

西南戦争は、津田三蔵が、青春のすべてを賭けた最大の出来事であった。

明治十年三月、三蔵は、所属していた陸軍歩兵第七連隊の兵士として九州へと出征し、熊本の日奈久に上陸した後、三月二十六日の小川町を奪回する戦闘において、左手に貫通銃創を受けている。傷が癒えた後も、指の屈伸が不自由になるなどの後遺症が残され、西南戦争は、いつまでも消えることのない大きなトラウマとなって三蔵のなかに留まっていた。

記念碑に対峙していた三蔵のなかに、喩《たと》えようのない不可思議な感慨が湧き上がり、西南戦争で経験した数々の場面が次々と巡ってきては、余韻を残して消えていった。

戦場で味わった折々の恐怖感や日々の戦闘に生き残れた夜の安堵感が、昨日の事のように脳裏に甦り、やがてそれらは輻輳《ふくそう》し合い大きな渦となって全身を取り巻き、いつしか、三蔵を鹿児島の戦地にいた当時へと引き戻していった。

記念碑近くで警衛していた時の心境を、事件後の三蔵は、次のように述べている。

「十一日ニナリ、記念碑ニ対シ種々感慨起リ居ル際、沢山ナル事ガ一時ニ来リ、四辺騒ガ敷ナリ、煙火二十一発ノ昇ルヲ見テ尚更西南ノ役ノ往時ヲ回顧シ……」

（五月十三日　第三回調書　予審判事三浦順太郎訊問）

「今回ノ来朝ニ付、或ハ西郷隆盛モ共ニ帰リ来ルトノ風説アリテ、疑惑ヲ抱カシメタルニヨリ、恰カモ三井寺記念碑前ニ警衛立番スルニ当リ、一種異様ノ感想ヲ惹起シタリ……」

（五月十四日　大審院予審調書　予審判事土井庸太郎訊問）

ニコライ皇太子一行の大津訪問を歓迎して、湖岸から打ち上げられ次々と弾けていた煙火の音は、三蔵の耳には、いつしか西南戦争のさなかの鹿児島の空に轟いていた大砲の音へと変わり、あたかも記念碑が、戦場で火を吹く大砲のように思われてきた。

銃器の展示台に近づいて小銃を手にした三蔵は、胸の前にかまえ引き鉄《てつ》に指をかけて、今にも敵を撃つかのような姿勢をとった。三蔵の度重なる奇妙な所作に恐怖感さえ覚えた富家巡査は、思わず声をかけようとしたが、こちらに向けられた銃身越しに照準を定めようとする三蔵の異様な眼光を前にしてたじろいだ。

配置についてから二時間あまり、三蔵自身も抑えきれないほどに高揚した精神状態のなかで、ニコライ皇太子一行を迎えるための警衛をしているという現実の世界を離れて、過去の出来事である西南戦争当時の、言わば非現実的な世界へ迷い込もうとしていた。

この日の午後、ニコライ皇太子への凶行事件を起こして取り押さえられ、再び現実の世界へと引き戻されるまで、三蔵の精神状態は、西南戦争の戦場を彷徨《さまよ》っていたのである。

京都の常盤《ときわ》ホテルから特別仕立ての腕車に乗って来津したニコライ皇太子一行は、府県境の逢坂山《おおさかやま》を越えて大津町に入り、札《ふだ》の辻から神出《かみで》を経て、予定通り長等《ながら》神社前に到着した。隣接する植木屋旅館の前に整列して迎えていた多くの要人の中から、先月九日に着任した滋賀県の沖守固《おきもりかた》知事が歩み出て、歓迎の意を表した後、皇太子らを先導して急な石の階段を三井寺観音堂へと案内した。九時三十五分のことであった。

この日のニコライ皇太子は、縞羅紗《しまらしゃ》の背広に鼠色の山高帽という軽装であった。

観音堂の傍らの観月台に作られた席で、ニコライ皇太子らに日本茶が献じられた。

三井寺の開祖智証大師円珍の略伝や唐崎の松の由来が英訳された解説書が渡され、晴れわたる琵琶湖の眺望を前に、近江や大津の地図を用いて地形や風物などが説明された。

皇太子は、ときおりそれらに目をやり、葉巻をくゆらせながら満足げに頷いていた。

続いて正法寺（観音堂の別称）に案内され、三井寺や石山寺などに伝来する五つの古画を鑑賞された。皇太子は、円満院に滞在していた絵師の円山応挙《まるやまおうきょ》が描いたという『七難七福図』にことさら興味を示され、爪で子どもを摑《つか》んで天空へと羽ばたこうとする大鷲の姿を指差しながら、「イーグル、イーグル」と、英語で連呼された。

同じ時刻の出来事として、三蔵は、「ニコライに随行してやってきていた二人のロシア人と車夫たちが高台まで登ってきて、敬礼した自分を無視するとともに、敬意を表すべき西南戦争記念碑には目もくれずに、眼下に広がっている街や湖を眺めていた」と、事件後の尋問で答えている。このうち若い方のロシア人を皇太子だと思い込んだとも述べている。

また、三蔵がいた場所から観月台までは、かなりの距離があって、人物の顔などの判別は難しいが、事件後の三蔵の供述によれば、ニコライ皇太子が、疏水《そすい》を眺望しながら、後年、我国を蚕食するための下見をしていたと思い込んでいたようである。

三蔵は、大津事件後の予審判事の尋問に対して、記念碑前でのロシア人の不敬な態度や皇太子が我国を偵察しにやってきたことが、犯行動機につながったとも答えている。

事件後の五月十三日、富家巡査に対する証人取調べが行なわれているが、こうした事実を裏付けるような陳述はなされておらず、記念碑前でのロシア人の態度や行状をもって皇太子への凶行を決意したという、三蔵が述べた動機そのものが不確かに思われてくる。

三井寺観音堂での見学を終えた皇太子一行は、堂の脇から浄妙坂の石段を下って総門をくぐり、三尾神社の傍らに待っていた腕車《わんしゃ》に乗り込み、前年に完成したばかりの琵琶湖疏水沿いの道路を下り、鹿関橋《かぜき》を東に、北国橋を西に渡って湖岸の三保ヶ崎に到着した。

三保ヶ崎には、この日のために桟橋が新設され、次の訪問地である名勝の唐崎の松へと一行を運ぶため、太湖《たいこ》汽船の「保安丸」と「凌波丸《りょうは》」、「矢橋丸《やばせ》」が繋留されていた。

ニコライ皇太子とゲオルギオス親王らが乗り込んだ「保安丸」には、ロシア、ギリシア、日本の三国の旗が高く掲げられ、随員の乗った「凌波丸」、「矢橋丸」の二隻を従えて、午後十時十分頃に、穏やかな湖面を唐崎へと向かった。

その頃、西南戦争記念碑前での警衛任務を解かれた津田三蔵と富家巡査は、次の配置に就くまでの間、琵琶湖岸の太湖汽船会社の近くにあった大津警察署に集まるため、浄妙坂を下っていた。警察署へと向かう道すがら、三蔵は、富家巡査に「殿下ハ、オ登リニナルカト思イシニナラザリナア」と話したという。これが事実ならば、三蔵が警衛していた高台にまで皇太子は来なかったことを、三蔵自身は知っていたことになり、事件の動機のひとつとされた記念碑前でのニコライ皇太子らロシア人の不敬な態度というのは、事実と異なり、三蔵の妄想若しくは虚言ではなかろうか。

第二回目の警衛は、琵琶湖岸の紺屋関に通じる小路と濱通が交差する白玉町《しらたまちょう》と南保町《なんぼちょう》との町境にある小学校の近くであった。三蔵が配置されたのは、濱通から少し街中へ入った鍋屋町で、ニコライ皇太子が滋賀県庁へと向かわれる沿道を直接警衛するのではなく、警衛巡査の後方にいて、不測の事態に対応する二重警衛の役割であった。

唐崎に上陸して唐崎の松を見学され、村人たちの大歓迎を受けたニコライ皇太子らは、午前十一時に、「保安丸」に乗船し、他の二隻の船とともに午前十一時半頃、浜大津の太湖汽船会社の桟橋に到着した。腕車に乗り換えた一行が濱通を辿って、滋賀県庁に到着したのは、午前十一時四十分であった。

五月二十七日に行なわれた津田三蔵に対する大審院裁判の判決書には、ニコライ皇太子を殺害しようと思い立ったのは、三井寺境内であったと記されているが、そうだとすれば、最初に警衛に立っていた西南戦争記念碑前となる。

判決書の陳述に従って、謀殺の念が、最初の警衛場所の西南戦争記念碑の前で引き起こされていたとするならば、二回目の警衛場所で凶行がなされたとしても不思議ではない。

しかしながら、人ごみに紛れたうえでの襲撃も可能であった鍋屋町においては、他の巡査との複数配置であったこともあって、三蔵は皇太子一行をそのまま見過ごしている。

ここでの三蔵の心境は、第三回尋問調書の中で次のように語られている。

三浦判事「スデニ記念碑前ニテ其ノツモリアリシナレバ其次ニ鍋屋町ニテ警備ノ節何故ヤ

ラザリシ」

三蔵「ソノ時モ心ニ浮カビハ居リタレド左程ニ思ヒ詰メズ……」

その日の朝、三井寺の西南戦争記念碑の前で、三蔵の内面に湧き起こった「一種異様ノ感想」は、第二回目に警衛していた鍋屋町において、一旦は鎮まったかに思われたが、西南戦争の戦場にいるのと同様の緊張感や高揚感は消え去ることなく、三蔵を捉まえ離そうとしなかった。依然として、戦場で聞いた砲撃の音や何発もの銃弾が砕け散る音、抜刀隊の白刃と切り結ぶ音や突撃する兵士の声などが沸きあがっては、三蔵の脳裏で交錯した。

第三回目の警衛は、濱通から二つ目の京町通に沿った下小唐崎町で、鍋屋町から三百メートルほどの距離であった。そこまで移動する際、三蔵は、守山警察署の同僚と少し離れて歩いていた。同僚たちは、三蔵が普段から寡黙で、仕事に関係のない世間話などには加わろうとしないことを知っていたので、離れて歩いている三蔵のことを誰ひとり気にかける者はいなかった。三蔵は、下小唐崎町への道を辿りながら、伊賀上野での町井との会話を思い出していた。「勲章が取り上げられる」という言葉が、生き物のように三蔵を捉えた。

ときおり耳元に、戦場の音が沸き起こり、その都度、西南戦争の場で幾度も経験した震えるような緊張感が、三蔵の全身を取り巻くように走った。それに呼応するかのように、三蔵の左腰のサーベルがガチャリと音を立てた。

京町通・下小唐崎町

滋賀県庁に到着されたニコライ皇太子一行は、緑門《りょくもん》と花環《はなわ》の上にロシアとギリシア、日本の国旗が並べて掲げられていた正門のアーチをくぐって政庁の中央に入られ、テーブルと二つの椅子、左右に尾形光琳《おがたこうりん》と円山応挙《まるやまおうきょ》が描いた屏風、四隅に生花が飾られた休憩所でしばらく休息された。

その後、隣接する収税長室に移って、滋賀県内各地から集められた物産品を見学され、長浜縮緬《ちりめん》など幾つもの品々をお買い上げになられた。ゲオルギオス親王は、草津産の太いステッキ状の竹鞭《たけむち》に興味を持たれ、手で感触を確かめたうえで、お買い上げになられた。

県議会議事堂で開催された午餐会では、滋賀県産の牛肉などを使った洋食が出された。皇太子は、三井寺《みいでら》や唐崎《からさき》での県民の歓迎にとても満足されたようすで、沖守固知事らと親しげに歓談されながら、出された洋酒を数杯嗜《たしな》まれた。

昼食後、陳列されていた古書類をご覧になり、再び政庁内の休憩所で暫時休息をとられてから、午後一時三十分に正面アーチ前から腕車《わんしゃ》に乗られ、京都の常盤《ときわ》ホテルへと出立された。腕車には、先曳き一人、後押しが左右に一人ずつ、計三人の車夫が同行していた。

皇太子一行を腕車で先導したのは、京都府警の竹中節警部、滋賀県警の木村武警部、滋賀県の沖知事らで、その後に、ニコライ皇太子、ゲオルギオス親王、接伴委員長の有栖川宮威仁《ありすがわのみやたけひと》親王、ロシアのシェーヴィッチ公使ら主だった人が乗った腕車が続き、随員などの腕車が四十数台、県議会議員や地元有力者を含めると全部で百台余りの長蛇の車列となった。

県庁前を湖岸方面へとしばらく下がって左折し旧東海道へと入ると、幅二間三尺（約四・五メートル）の道の両側は、皇太子らをひと目見ようと近郷近在からやってきた人々であふれ、なかには道路上に押し出される者までいた。

道沿いの家々は国旗を掲げ、通りに面した表座敷にはそれぞれの家紋入りの幔幕《まんまく》が張り巡らされ、軒先の松の枝には提灯が吊り下げられていた。

腕車は、鍛冶屋町《かじやちょう》から葭原町《よしはらちょう》、後在家町《ございけちょう》をゆっくりと進み、下小唐崎町《しもこがらさきちょう》へと近づいた。

道の両側には、十数メートルおきに、交互に配された巡査が警衛に立っていて、ニコライ皇太子らの腕車が近づくと、不動の姿勢をして挙手の敬礼で迎えた。

あまりにも多い群集のため、皇太子ら主賓の乗車している腕車と、先導する腕車との間隔は数十メートルも離れ出していたが、先導車の者はそれに気がついていなかった。

下小唐崎町は、二つの辻で区切られた十六軒からなる商店街で、腕車の進んで行く右手には八軒の家並みが連なっていた。

津田三蔵が、この日最終となる警衛を命じられたのは、手前から四軒目、五番屋敷の津田岩次郎宅の前であった。

濱通での警衛にあたっていた鍋屋町からこの場所に着いたとき、三蔵は、戦場を駆け巡った後のような、激しい喉の渇きを覚えていた。

水を求めて家の中に入ると、岩次郎の家内が、砂糖水を作って差し出した。

三蔵は、砂糖水は要らぬと言って、台所の片隅にあった水瓶から木の杓で水を掬《すく》っては、立て続けに五、六杯呑んだ。その後、岩次郎に、「幔幕の張り方が足らない」、「表に水を打て」と、矢継ぎ早に注意し、腰のサーベルを、音高く鳴らしながら表の警衛場所へと戻っていったという。

ニコライ皇太子は、県庁で出された洋酒の余韻に浸りながら、少しずつ前へと進んで行く腕車の揺れを心地よく感じていた。道端の溝からは、流れの早い水音が届いていた。

家の出座敷の幔幕の後ろに正座し、あるいは道端や軒先に立って迎えていた人々は、腕車が通過する際には、車上の皇太子に静かに頭《こうべ》を垂れて敬意を表していた。

前方に目を遣ると、新緑に萌える長等山の山腹に、午前中に訪れた三井寺観音堂の甍《いらか》とその少し上に西南戦争記念碑の白い姿があった。皇太子は、堂内に展示されていた円山応挙の『七難七福図』の中にあった、大鷲が幼子を攫《さら》っていく場面を思い浮かべていた。

後在家町と下小唐崎町の町界に立って迎えていた葉山巡査の前を通り過ぎると、十メートルほど先の町家の前で、緊張を湛《たた》えながら姿勢を正して挙手の敬礼で迎えている一人の巡査の姿が見えてきた。路傍で警衛する巡査の姿は、今朝から何度も見た光景と重なった。

午後一時五十分頃、県庁を出発してから約二十分、距離にして四町半（約四百五十メートル）のあたりであった。

三蔵が、ニコライ皇太子を間近に見られる位置に立つのは、この日の第三回目の警衛となった京町通の下小唐崎町地先が初めてであった。第一回目の三井寺観音堂上の御幸山《みゆきやま》の西南戦争記念碑前と、第二回目の濱通から入った二重警衛の鍋屋町のいずれの場所においても、皇太子の顔を直接見てはいなかったのである。

三蔵の前を、先導するための数台の腕車が通ってから長い時間が経ったように思われたが、皇太子らの乗った腕車がやってくる気配はまだ伝わってこなかった。三蔵の耳元では、兵士が上げる吶喊《とっかん》の声や大砲の音が、あたかも呪文のように幾度も繰り返されていた。

この日の朝、西南戦争の記念碑の前に立った三蔵を捉えて離さなかった、「一種異様ノ感想」は、下小唐崎町の路上において、ついに最高潮に達しようとしていた。

〈名誉の勲章を取り上げられないためには、この手で西郷を斃《たお》すしかない〉

沿道の人々のざわめきが高まり、ニコライ皇太子一行が近づいてくる音が伝わってきた。

三蔵は、九日の夜に配られた心得書にあったとおりに、背筋を伸ばし姿勢を正して挙手の敬礼をしつつ、左後方からやってくる腕車の方へとゆっくり頭を巡らした。

その視線の先に、鼠色の山高帽を被り、腕者に乗っている男の大きな顔が見え出した。

瞬間、背中に言いようのない戦慄が走り、三蔵の体中から血の気が引いていった。

〈西郷隆盛!〉

思わずその言葉が出そうになった。俄かには信じられず見直そうとしたが、折からの眩しい陽の光に遮られ、男の顔の輪郭がおぼろげに滲《にじ》んだ。

〈ニコライ皇太子が、お通りになられるのでは?〉

警衛巡査としての正気の三蔵が、諭すようにささやいた。

三蔵は、一瞬、戸惑ったが、腕車は、眼前に迫っていた。

もはや躊躇《ちゅうちょ》する暇はなかった。

〈ここで西郷を斃さねば!〉

左腰に下げていたサーベルの柄に右手をかけて、一気に鞘《さや》から引き抜くと、通り過ぎようとしていた腕車へと、一、二歩駆け寄り、左手を添えながら車上の山高帽めがけて最初の一撃を加えた。

男の右頭側に当った刃先の衝撃が、三蔵の両手に鈍い感触を伝えた。

襲撃によって飛ばされた帽子が地面を転がり、近くに立っていた少女、服部つるの足元の溝の中へと落ちた。つるは、すぐに屈み込んでその帽子を拾い上げたが、つばの部分がぱっくりと裂けていた。

大きな悲鳴とともに、男の顔が三蔵の方を振り向こうとした。

サーベルを振り上げ、再度、顔に向かって斬り下ろした。

〈西郷くらえ！〉

大声を上げて腕車から飛び降りた男は、凶刃から逃れようと前方へとひたすら走った。

三蔵は、男の後を追いかけようとしたが、車夫のひとりが三蔵の横腹を突くと同時に、異変に真っ先に気づいたゲオルギオス親王が、続いていた腕車から飛び降り、県庁の物産展で手に入れたばかりのステッキ状の竹鞭を振りかざして三蔵の後頭部をしたたかに打った。

竹鞭の攻撃を受けてよろめきかけた三蔵の両足に、皇太子の腕車の車夫の向畑《むこうはた》治三郎が飛びつき、力いっぱい後へと引いた。

倒されて、前のめりに地面に打ち付けられた三蔵の手からサーベルが離れて、路上に転がった。すぐさまゲオルギオス親王の車夫北ヶ市《きたがいち》市太郎が駆け寄ってサーベルを拾うと、三蔵の背中や首の付け根あたりに何度も叩き付けた。破られた巡査服のあいだから鮮血が飛び散った。

「やめろ！　殺すでない！」

先導車から折り返してきた滋賀県警の木村警部が、市太郎の手からサーベルを取り上げながら、付近にいた江木猪亦巡査部長、藤谷幹一巡査の両名に、三蔵を捕縛《ほばく》させた。

三蔵が倒されたのが、ちょうど江木巡査部長が寄宿していた吉田保宅の前であったため、その家の裏庭の倉庫に、縛り上げた三蔵を押し込めて見張ることとなった。

地面へしたたり落ちる、おびただしい血潮にうろたえながらも、三蔵は、倒されたあと、首の後や背中がヒヤリとした感触に包まれたのを思い起こしていた。

表通りから「……がお怪我召された」と誰かが叫んでいる大声が聞こえてきた。

三蔵は、縛られたまま木の樽《たる》に腰を掛けさせられていたが、あまりの出血のためか意識が朦朧《もうろう》として、そのまま下にずり落ちてしまいそうになった。傍らにいた木村警部が、巡査のひとりに、近隣に住んでいる医師を大至急連れてくるよう命じた。

大きな足音が入ってきて、聞いたことのない言葉を三蔵に浴びせた。罵声のような響きであった。

「お前はいったい誰なのか……」、通訳が、三蔵に向かって声高に尋ねた。

「元藤堂和泉守《いずみのかみ》ノ藩士ナリ」、三蔵は、声の方向を睨《にら》みつけるように答えた。ロシア人らしい赤ら顔の大男が、振り上げた右手に怒りをあらわにしながら見下ろしていた。

続いて、慌しく入ってきた男が、三蔵の肩を荒々しく摑《つか》みながら怒鳴った。

「貴様か、皇太子殿下に刃をむけたのは」

一瞬、三蔵の顔に戸惑いが走った。

「なに、皇太子殿下だと？」

三蔵は、思わずその声の主に向かって聞き質そうとしたが、言葉にはならなかった。

――あの顔は紛れもなく西郷隆盛だった！――

三蔵は、混乱するなかで自らを納得させるかのように、心の中で何度も反芻《はんすう》した。

朝から翻弄され続けていた「一種異様ノ感想」は、三蔵が、サーベルを振るって捕らえられ、耳元に満ちていた幾多の砲声が静まるとともに、いつの間にか消え失せていた。

現実世界に引き戻された三蔵の意識のなかに、御警衛が早く済んだら、その日のうちに三上の駐在所に戻ると、妻の亀尾に言い残してきた言葉が甦った。自分がなぜここに縛られているのか、懸命に思い出そうとしたが、断片的な記憶が行き来するだけであった。

しばらくして、第七班の班長であった西村季知警部が、血相を変えて飛び込んできた。西村警部は、自分の班員の津田三蔵が犯人であったことが到底信じられなかった。

事件の余韻さめやらぬなかで、西村警部が行なった尋問と三蔵の答えは、次のようなものであった。

問　汝ハ何警察署詰ノ者ナルヤ
答　守山警察署詰テス
問　汝ノ本籍ハ何レナルヤ
答　三重縣伊賀國阿拜郡上野町字徳井町テアリマス
問　汝ノ身分ハ如何
答　士族
問　汝ノ年齢ハ如何
答　安政元年十二月生レテアリマス

問　汝ハ舊何レノ藩ナルヤ
答　藤堂和泉守ノ家來テアリマス
問　汝ノ家屬ハ幾人ナルヤ
答　妻ト子供兩人テアリマス
（中略）
問　汝ハ一己ニテ皇太子殿下ヘ對シ奉リ危害ヲ加ヘタルカ
答　全私一人テアリマス
問　汝ハ如何ナル考ヲ以テ危害ヲ加ヘタルカ
答　西村警部誠ニ濟マンコトヲ致シマシタ實ハ御警衛ニ立チ居リテ俄カニ逆上シマシタユヘナリ
問　如何ナル事ヲ為シタルヤ
答　如何ナル事ヲ為シタルカ一時目ガ眩ミマシテ覺ヘマセン
（後略）

「御警衛ニ立チ居リテ俄カニ逆上シマシタユヘナリ」とは、御警衛に立って腕車を迎えていた三蔵が、何らかの理由で、俄かに逆上して、サーベルを抜いて腕車の人物に斬りかかったことを述べており、「一時目ガ眩ミマシテ覺ヘマセン」とは、その瞬間に眼が眩んだため、三蔵自身も何をしたのかをはっきりと覚えていないという真実を伝えていた。

三蔵が密かに怯えていたのは、皇太子の訪日が伝えられて以来、新聞にも多くの風説が載せられ、亡霊のごとく心の中に見え隠れしていた西郷隆盛の姿そのものであった。

西南戦争に従軍していた三蔵は、城山の戦いにも加わっており、岩崎谷の洞窟を出た西郷隆盛が、ほどなくして負傷し、別府晋介の刀でのこぎりを引くように介錯されて果てたことを上官から聞いて承知していた。城山の戦いの翌日には、「魁首《かいしゅ》西郷隆盛、桐野利秋ヲ獲斃《とらえたお》シ……」と、まるで三蔵自身が手柄を立てたかような生き生きとした筆遣いの手紙を、母きのの元へ送っている。

西郷に関する風説など信じるはずのない三蔵であったが、四月七日付けの「西郷隆盛生存説遂ニ叡聞ニ達ス　西郷隆盛翁死シテ復タ活キントス、道路喧伝声聞ニ達ス、陛下則チ微笑ミ給ヒテ侍臣ニ宣ハスラク、隆盛モシ帰ラバ彼ノ十年ノ役ニ従事シテ偉効ヲ奏セシ諸将校等ノ勲章ヲ剥ガンモノカト承ルモ畏コシ」という朝野新聞の記事は、もし西郷が帰ってくるならば三蔵が誇れる唯一のものであった帯勲者という栄誉そのものを失ってしまうことになり、三蔵の心理状態に少なからぬ動揺をもたらしていた。生来思い込みが激しく、頑《かたく》なな性格であった三蔵の内面に、ぬぐいきれない不安感となって蓄積されていた得体の知れないものが、その日の朝の西南戦争記念碑前で惹き起こされた「一種異様ノ感想」が引き金となって、御警衛の最中に、無意識状態のまま突如サーベルを振るうというかたちで暴発したのではあるまいか。

　自らが傷つけたのが、ニコライ皇太子であったことを知らされた後も、三蔵は、あの時、腕車に乗っていたのは確かに「西郷隆盛」で、自らの勲章を護るため、西南戦争の戦場で闘っていた当時と同じ心情でサーベルを振るって「西郷隆盛」を斃そうした《真実》を語ろうとはしなかった。「西郷隆盛」を斃すためにサーベルを向けたはずであったが、傷つけた相手は、明治天皇が、国賓として招かれていたニコライ皇太子であったというもうひとつの《真実》によって、「賊徒」を征伐しようとした三蔵自身が、皮肉にも「賊徒」とされ、護ろうとした輝かしい人生の勲章そのものを失ってしまったのである。

「賊徒」となった三蔵は、その日のうちに、膳所町《ぜぜちょう》にあった滋賀県監獄署に収監され、首や肩に受けた刀傷の治療を施されながら、五月二十七日の大審院裁判における判決までの間、大津地裁の予審判事やその後の大審院裁判にかかる予審判事によって数度にわたる尋問を受けているが、供述内容そのものが二転、三転するとともに、動機そのものについても決め手となるものは何一つ陳述していない。

　国賓として遇していた皇太子に、警衛を担当する巡査が斬りかかるという尋常でない行為に、政府首脳は、ひたすら困惑するとともに、大国ロシアによる領土割譲などの無理難題な要求を極度に恐れた。

このため、津田三蔵は、元来「狂気」の持ち主であったと見なして、家族、親族、職場などの関係者への訊問を行なわせ、三蔵の精神病歴や行状における証言を得させようとした。

関係者の取調べの結果、風変わり、頑固な性格、酒乱の傾向など、いくつかの証言はなされたが、いずれも三蔵を「狂人」と見なすまでには至らなかった。

また、医学的見地からの精神鑑定人として、大津病院長の野並魯吉《のなみろきち》が選ばれ、五月十五日に、収監されていた三蔵の診察が行なわれたが、五月十七日に提出された鑑定書には、「三蔵ハ精神病ノ素因ヲ有セス（中略）三蔵ハ其負傷前ハ全ク無病健康ナリシモノト鑑定ス」と記されており、三蔵の「狂人説」は、成立しない結果となった。

三蔵が、正気であると診断されたため、政府首脳は、ロシア帝国に対応するには、裁判による「死刑」以外にはないと考え、我国の皇族に対して危害を加えた犯人を死刑にできる刑法第百十六条を適用するための大審院裁判を画策する。一方、司法側は、第百十六条は、外国の皇族にまで及ばず、今回の事案には、刑法二百九十二条の「謀殺罪」、もしくは、同法百十二条の「謀殺未遂罪」が適用されるという見解であった。

いずれにしても、裁判を成立させるうえで重要なのは、三蔵が、ニコライ皇太子に対して、いつ、どこで、「明確な殺意」を抱いたかであり、これが立証できないと、「あらかじめ謀り人を殺したる者」という「謀殺罪」そのものが成立し得ないことが予測された。

予審判事による三蔵への訊問は、ひとえにこの「明確な殺意」に絞られ、三蔵が、事件後に考えた尤《もっと》もらしい理由も加味され、ニコライ皇太子に対する憤懣《ふんまん》やるかたない気持ちがその日の朝の西南戦争記念碑前において具体的な「殺意」となり、ついには、下小唐崎町地先での事件を引き起こしたという、大審院裁判における判決書に描かれた動機のシナリオが完成を見たのである。

事件があった翌日の五月十二日、三蔵は、滋賀県から巡査の職を褫奪《ちだつ》(剥奪)された。三蔵が命にも代えがたいと思っていた勲七等青色桐葉章は、三蔵が宿泊していた佃テイ宅への家宅捜査の際に、革鞄の中から見つかり押収され、五月十六日、賞勲局によって勲七等の勲位も剥奪された。

三蔵を凶行に走らせたのは、単に「逆上」だけであったのか。近江富士と称される秀峰三上山の麓の駐在所に勤めるひとりの忠実な巡査津田三蔵のなかに、何が潜んでいたのであろうか。母きのの引取りをめぐる葛藤であったのか。あるいは、母に対して生涯でただ一つ胸を張って自慢できる勲章を護るための咄嗟の行為であったのであろうか。

事件の裁判は、本来は大津裁判所が所管すべきであったが、刑法第百十六条に該当するとの判断のもと、大審院による公判とされ、五月十九日、「被告津田三蔵事件審判のため大津地方裁判所において大審院の法廷を開く」旨の、山田顕義《やまだあきよし》司法大臣の告示がなされた。三蔵を、「死刑」とするための政府首脳の決断であった。

しかしながら、政府首脳の思惑と異なり、大審院長児島惟謙《こじまこれかた》は、松方総理大臣と山田法務大臣に、刑法第百十六条は外国の皇族にまで及ばないという見解の意見書を出すなど、判決に至るまでの間、虚々実々の駆け引きが行なわれている。

二十一日、滋賀県監獄署の三蔵から、弁護の申し出をしていた谷澤龍蔵《たにざわりゅうぞう》を弁護人とする届出が提出される。

二十二日、母きの、妻亀尾ら親族が、大津の代言人の中山勘三に弁護を依頼することとなり、三蔵の承諾を得て二人目の弁護人が決定した。

二十三日早朝、東京から弟の千代吉が、三蔵を弁護したいとの申し出があった東京在住の代言人の森肇とともに、汽車で大津に到着する。千代吉と森は、三蔵に面会を申し出て説得し、一旦は、三蔵の弁護人となることが決まったが、その日のうちに、三蔵から弁護人を取り消すとの書面が提出され、結局、三蔵の弁護人は、谷澤と中山の二人となった。

五月二十七日に行なわれた大津事件にかかる大審院裁判では、裁判長に、大審院部長判事の堤正己《つつみまさみ》が選任され、中定勝ほか六人の判事が担当した。

公判の審理は、「安寧秩序ヲ害スルノ虞《おそれ》アリ」との理由で、非公開とされ、高等官傍聴席には、児島大審院長、渡辺千秋滋賀県知事（沖守固前知事は、事件の責任を取り、五月十六日辞職）らが並び、一般傍聴席には、近県からの代言人が座った。

午後零時五十分に開廷された後、直ちに審理に入り、公訴事実の陳述、被告人答弁などが行なわれた。答弁の最後に、津田三蔵は、「何とぞ露国に媚びるが如きことなく、我が邦の法律を以て公明正大の処分あらんことを願ふのみ」と自らの気持ちを述べたという。

引き続いて、谷澤龍蔵と中山勘三の両弁護人の弁論、三好検事総長らの反論などが行なわれ、午後三時三十分に堤正己裁判長が審理終結を宣言した。

判決の申し渡しのために再び開廷されたのは、午後六時四十分であった。判決に際しては、一般傍聴人百十七人の入場が許可された。

厳粛な静寂が保たれた法廷で、堤裁判長による判決書の朗読が始まり、「明治廿四年五月十一日殿下滋賀縣へ來遊ニ付キ被告三藏ハ大津町三井寺境内ニ於テ警衛ヲ爲シ其際殿下ヲ殺害セントノ意ヲ發シ……」と、三蔵が、ニコライ皇太子を殺害しようとした動機を発した場所を特定し、続いて、「同町大字下小唐崎町ニ警衛シ居タリシニ同日午後一時五十分頃（中略）其帯劍ヲ抜キ殿下ノ頭部へ二回切リ付ケ傷ヲ負ハセ參ラセシ……」との、皇太子に対する三蔵の具体的な犯行事実が述べられた。

三井寺境内（西南戦争記念碑前）で皇太子の「殺害」を思いついたという、判決書に記された動機そのものが、事件後の尋問に対して三蔵自身が考えた、実《まこと》しやかな供述に基づいて創りあげられた《真実》であった。

最後に、「之ヲ法律ニ照スニ其所爲ハ謀殺未遂ノ犯罪ニシテ刑法第二百九十二條第百十二條第百十三條第一項ニ依リ被告三藏ヲ無期徒刑ニ處スルモノナリ……」との、津田三蔵への判決が言い渡された。

三蔵は、目を閉じたまま、静かに深く裁判長の一言一句を聴いていた。

判決が終わると、深々と一礼し、廷吏に促されるように退廷した。

こうして、事件の《真実》は、大審院裁判においても明かされることなく、三蔵ひとりの胸の中に深く封じ込められ、深い闇の中へと葬り去られた。

津田三蔵への判決書の全文は、以下のとおりであった。

判　決　書

三重縣伊賀國阿拜郡上野町大字徳井町士族

滋賀縣近江國野洲郡三上村大字三上寄留

津　田　三　藏

安政元年十二月生

右三藏ニ対スル被告事件検事総長ノ起訴ニ依リ審理ヲ遂クル處被告三藏ハ當時滋賀縣巡査奉職ノ身ヲモ顧ミス今回露西亜國皇太子殿下ノ我邦ニ來遊セラル丶ハ尋常ノ漫遊ニアラサルヘシト妄信シ私ニ不快ノ念ヲ懐キ居タル處明治廿四年五月十一日殿下滋賀縣へ來遊ニ付キ被告三藏ハ大津町三井寺境内ニ於テ警衛ヲ爲シ其際殿下ヲ殺害セントノ意ヲ發シ時機ヲ窺ヒ居ル處被告三藏ハ尋テ同町大字下小唐崎町ニ警衛シ居タリシニ同日午後一時五十分頃殿下ガ同所ヲ通行アラセラレタルニ當リ此機ヲ失セハ再ヒ其目的ヲ達スルノ時ナカルヘシト考定シ其帯劍ヲ抜キ殿下ノ頭部へ二回切リ付ケ傷ヲ負ハセ參ラセシニ殿下ハ其難ヲ避ケントセラレシヲ被告三藏ハ尚ホ其意ヲ遂ケント之ヲ追躡スルニ當リ他ノ支フル所トナリ其目的ヲ遂ケサリシモノト認定ス

右ノ事實ハ被告人ノ自白証人向畑治三郎ノ陳述大津地方裁判所豫審判事ノ作リタル検証調書証人北ケ市市太郎西岡太郎吉医士野並魯吉巡査菊池重清ノ豫審調書及ヒ押収シタル刀ニ依リ其証憑充分ナリトス之ヲ法律ニ照スニ其所爲ハ謀殺未遂ノ犯罪ニシテ刑法第二百九十二條第百十二條第百十三條第一項ニ依リ被告三藏ヲ無期徒刑ニ處スルモノナリ犯

罪ノ用ニ供シタル刀ハ滋賀縣廳ニ還付ス

明治廿四年五月廿七日

大津地方裁判所ニ開ク大審院法廷ニ於テ検事総長三好退藏検事川目亨一立會ノ上宣告ス

大審院部長判事　堤　正己
大審院　判事　中　定勝
同　判事　土師經典
同　判事　安居修藏
同　判事　井上正一
同　判事　高野真遜
同　判事　木下哲三郎
大審院　書記　西牟田豊親
同　書記　笹本栄藏

無期徒刑囚とされた三蔵は、北海道の原野にあった集治監に送られることとなった。

当時、未開地であった北海道への「流刑」は、死刑宣告にも等しい処罰であった。

「無期徒刑」の判決を受けた三蔵が、滋賀県監獄署に戻ったのは、午後七時四十分であった。翌二十八日、三蔵の弟の千代吉と妻亀尾の兄の岡本静馬に、最後の面会が許された。

接見所での三蔵は、すでに覚悟を決めていたせいか、終始、無言、無表情であったという。千代吉らは、三蔵が、法廷で用いていた羽織や着物を受け取り伊賀上野へと帰って行った。

三十日午前十時、馬車で馬場《ばんば》駅に送られ、汽車で兵庫仮留監へ護送され、そこで他の地域から北海道へ送られる徒刑囚が集められるまで、ひと月近く待たされた。

六月二十四日午前、百十九名の囚人とともに神戸港に停泊していた日本郵船の「和歌浦丸」に乗せられ、昼過ぎに抜錨して太平洋沿岸を北上、途中、横浜港に立ち寄り、北海道の函館港には同月三十日に入港した。ここで「神威《かむい》丸」に移し変えられ、七月二日早朝に釧路港に到着した。そこから小型蒸気船で釧路川をさかのぼり、標茶《しべちゃ》村の塘路《とうろ》湖近くの北海道集治監《しゅうちかん》釧路分監に収監され、九月二十九日の未明に肺炎で死亡するまでの約三ヶ月を過ごした。自らの起こした事件に対する精神的な重圧のなかか、自殺願望を抱くなど、生きる力そのものを失った状況のもとでの最期であったという。

死の前月の八月、名前札の筆記作業についていた三蔵は、看守の隙をみて、反故紙《ほごがみ》の裏に遺書を書いたが、独房捜検の際に、髪の毛と爪の包みとともに発見され押収されている。

遺　言

三蔵儀好機ヲ窺ヒ遂自殺候間首級ハ露国公使館へ証明ノ為メ御実見御取計ノ上ワ東京府芝区三田四国町住居ノ在之舎弟津田千代吉へ御下付披成下度事

死後ハ三蔵所持品ノ衣服ヲ着用仕度事

此三蔵ノ髪ハ乍恐原籍伊賀上野字徳井町三蔵自宅へ所持金ノ内ヲ以テ御下付方御取計ヒ下度事

前項ワ恐多モ国家ノ大事ヲ不顧些々タル事件申上本道ニ背キ大ニ恥入リ候得共宜敷御聞届ノ程偏ニ奉願上候也

無期徒刑囚

津　田　三　蔵

これによれば、自殺した後は、ロシア公使館で津田三蔵であることを首実検したうえで、東京に住んでいた弟の津田千代吉に渡し、三蔵の髪は、伊賀上野の自宅へ渡してもらいたいとある。

この遺書が、集治監での三蔵の気持ちを伝える唯一の文章とされ、「国家の大事を招いたことを顧みることなく、些細な用件を申し上げ、人間の本道に背いて大いに恥じ入る次第ではありますが、お聞き届けくださいますよう、ひとえにお願いいたします」と、結ばれている。

弟の名前が書かれているのは、三蔵が、千代吉を頼りにしていたのと、ロシア公使館が置かれていた東京に住んでいたゆえであろう。

エピローグ

三蔵の妻の亀尾が、夫の事件を知ったのは、五月十一日の夕刻近くであった。そろそろ夫が帰宅する頃ではと思っていた矢先に、守山警察署の近藤署長をはじめ厳しい表情をした数人の警察官が、三上駐在所にやって来て、建物とあたり一帯を封鎖した。

亀尾は、近藤署長から、夫が大津での警衛中にニコライ皇太子に斬りかかったことを伝えられたが、三日前に出かけた夫のようすを思い浮かべ、何かの間違いではないかと聞きなおした。しかし、事実であると知らされると、驚愕した顔でその場に立ちつくした。

しばらくして、大津地裁予審判事の土井庸太郎と書記が到着し、亀尾に対する尋問が始められた。

土井予審判事は、ニコライ皇太子訪日に関する三蔵の言動や行動、御警衛への三蔵の持参品、駐在所に三蔵を訪ねてきた者がなかったかどうかなどを糾問するとともに、過去の三蔵の狂気じみた行為の有無についても厳しい口調で尋問を行い、同行していた書記が亀尾の答えを綿密に記録していった。

駐在所の周りには、守山署員が交代で厳重な警戒にあたっていたが、駐在所の中を覗き込もうとしたり、いやがらせの罵声を浴びせる者が相次いだ。

ロシア皇太子襲撃犯人津田三蔵の妻となった亀尾は、次女完《みつ》（四歳）と長男元尚《もとなお》（一歳六ヶ月）とともに、駐在所から外に出ることさえままならなくなった。

十四日の夕方、亀尾の兄の岡本静馬がやってきて、伊賀上野に戻るように諭した。

亀尾は、知り合いに、まとめた家財を送ってもらうように頼み、二人の子どもとともに、十八日の夜半に、秘かに三上駐在所を離れ、伊賀上野の義母きのの元へと向かった。

二十七日に大津で行なわれた津田三蔵の判決内容は、兄の静馬から聞かされた。

死刑は免れて無期徒刑とはなったものの、身柄は北海道に送られるという話に、亀尾は、夫は、二度と生きて帰らないであろうという避けがたい現実を受け止めるしかなかった。

三蔵が、北海道集治監釧路分監で死亡した後、亀尾は、兄によって、津田家の戸籍から除かれている。三蔵の事件に対する誹謗中傷が高まるなか、巡査職を辞職した岡本静馬は、一家全員で伊賀上野を離れたというが、その後の足取りはわかっていない。

亀尾については、事件当時、二十三歳であったことからすれば、再婚したのか、あるいは、人に知られない他所に移り住んだのであろうが、その後の消息は不明のままである。

やがて、三蔵の母きのと二人の遺児は、三蔵の妹ゆきの嫁ぎ先相手で、生前の三蔵が最も懇意にしていた町井義純に引き取られた。

母きのは、三蔵が、滋賀県の水口《みなくち》署管内の駐在所から、湖北の速水《はやみ》駐在所に転勤するに際して伊賀上野に戻り、大工の廣出甚七方の四畳間を借りて、麻つむぎの内職をしながら暮らしていたが、事件後は、残された孫と一緒に、町井家を頼ったのである。

町井家で成長した遺児のうち、完は、東京芝の美術商に嫁ぎ、大正年代に死亡したとされる。元尚は、横浜で暮らしていたというが、大正十二年（一九二三）の関東大震災の際に死亡したと伝わっている。二人の係累の消息については、今も不明のままである。

事件当時、東京の芝区三田四国町に住んでいて、電気工場の職工であった三蔵の弟の千代吉は、母きのの死より六年早く、明治三十七年（一九〇四）八月十九日に死亡している。

母きのは、貫一、三蔵、千代吉の位牌代わりにしていた三人の戒名が書かれた掛け軸を、自分の部屋の壁に掛けていた。

慈観道本居士（俗名　津田三蔵　明治二十四年九月二十九日寂）
学法貫一居士（俗名　津田貫一　明治二十四年六月十三日寂）
見誉諦道信士（俗名　津田千代吉　明治三十七年八月十九日寂）

大超寺は、藤堂藩ゆかりの由緒ある寺院で、どっしりとした構えの山門をくぐると、本堂の右手にある墓地の中ほどに津田家の墓が並んでいる。

三蔵の父の津田長庵、母きの、三蔵の長女みへらの墓石の隣に、高さ三十センチメートルほどのほんの小さな墓があった。その傍らの、「大津事件　巡査　津田三蔵の墓」と、かろうじて読みとることができる案内板がなければ、見過ごしてしまいそうで、今もなお世をはばかるかのように、ひっそりと蹲《うずくま》っていた。

母きのが、大津事件から何年か後に、大超寺の住職に頼んで建てさせてもらったと伝えられているが、世を騒がせた事件の重大さゆえに、敢えて小さな墓としたのであろう。

百三十年近い歳月を経て、表面に刻まれていた文字は摩滅して判読は難しいが、寺の記録によれば、そこには三蔵と兄の貫一の二人の戒名が刻まれており、きのから相談を受けた当時の住職が、藤堂藩の御典医であった津田家に相応の「居士」の戒名を与えたという。

三蔵の戒名に含まれている「慈」の一字は、母がその思いを込めて選んだに違いない。

三蔵は、ニコライ皇太子を襲撃するという大事件を起こして北海道の果てで亡くなり、兄貫一は、度重なる放浪の果てに、三蔵の事件後まもなく行き倒れ同然の死を迎えている。

津田三蔵の母きのは、三蔵の事件による世間の誹謗中傷を、持ち前の気丈な性格で耐え抜き、明治四十三年（一九一〇）五月十日に八十三歳で、町井家で亡くなっている。

事件後から亡くなるまでの二十年近い歳月、母きのは、三蔵と寛一の数奇な運命を毅然と受けとめ、ほとんど他人と語ることなく、朝な夕なに彼らの戒名を唱え、ついには、千代吉をも加えた三人の子どもの菩提を弔いながら日々を過ごしたという。

あの日、大津の街中で津田三蔵が振るった一瞬の刃《やいば》は、肉親はもとより、事件に関わった多くの人々の人生を渦中に巻き込み、大きく変貌させていったのである。

参考文献

「大津市歴史博物館研究紀要11」所収、樋爪修編「津田三蔵書簡」大津市歴史博物館、二〇〇四年
尾佐竹猛著、三谷太一郎校注『大津事件』岩波文庫、一九九一年
早崎慶三『大津事件の真相〈復刻〉』サンブライト出版、一九八七年
近江新報社編『露国皇太子御遭難之始末』近江新報社、一八九一年
保田孝一『最後のロシア皇帝 ニコライ二世の日記』講談社学術文庫、二〇〇九年
大津市役所編『新修 大津市史』第五巻、大津市役所、一九八二年
「網走地方史研究第七号」所収、佐々木満「大津事件津田三蔵の死の周辺」地方史研究会／網走、一九七四年

安政元年（一八五四）		十二月二十九日、武蔵国豊島郡下谷柳原藤堂和泉守上屋敷にて出生。父は津田長庵〔藤堂藩の匕医（御典医）〕、母はきの（越後国中頚城郡の武士、落合弥吉の長女）。四人兄弟〔兄（貫一）、三蔵、弟（千代吉）、妹（ゆき）〕であったが、三蔵の命名書には、長庵三男と記されている。
文久元年（一八六一）	六歳	四月二十三日、父長庵が、藩主のお咎めにより隠居を命じられ、「差控」（自宅謹慎）となる。長男寛一が元服して名を養庵と改め、家督を相続するが、家禄は減封され「伊賀付独礼格」となる。一家は、五月一日に江戸を出立し、五月十五日に伊賀上野に到着、伊賀国阿拝郡上野徳居町二十四番屋敷に住居を定める。
慶応二年（一八六六）	十一歳	正月十日、父の長庵が死亡（享年五十三）。この頃、藩校の「崇廣《すうこう》堂《どう》」に入学し、漢文句読、漢詩、書、朱子学、算術などを学び始める。
明治四年（一八七一）	十六歳	藩校「崇廣堂」での勉学を終える。
明治五年（一八七二）	十七歳	三月十一日、東京鎮台名古屋分営（六番大隊）に入営する。
明治六年（一八七三）	十八歳	三月十三日、越前国大野郡で惹き起こされた「越前護法一揆」鎮圧に出動。 五月一日、一等兵卒を申し付けられる。 七月十六日、第三軍管金沢営所へ出張を命じられる。

明治八年（一八七五）	二十歳	一月九日付けで、陸軍伍長の辞令を受ける。 四月十七日、歩兵隊編入以来の功労により表彰される。
明治九年（一八七六）	二十一歳	九月二十五日、金沢の陸軍歩兵第七連隊の書記助手を命じられる。
明治十年（一八七七）	二十二歳	二月八日、越中国砺波郡の暴動鎮圧のため出動。 三月二日、所属していた陸軍歩兵第七連隊第一大隊が、西郷隆盛軍追討のため金沢営所を出発する。 三月十一日、大阪で鹿児島賊徒征討別働隊第一旅団に編入され、輸送船で長崎に向かう。 三月十九日、熊本城を攻撃していた西郷軍の背後をつく衝背軍として、熊本県八代の日奈久南方の州口浜に上陸する。 三月二十六日、熊本県大野方面での戦闘において、左手背面から人差指と中指の間に貫通銃創を負い、同日付けで、八代繃帯所連隊書記を申し付けられ、応急的な治療を受ける。 四月二日、長崎海軍臨時病院に入院する。 五月二十日、銃創が治癒したので、同病院を退院する。 五月二十三日、船にて熊本に渡り、熊本本営に出頭する。 五月二十六日、熊本より船にて鹿児島に到着し、別働隊第一旅団の本隊に復帰する。 六月十日、別働隊第一旅団第一連隊第一大隊書記を申し付けられる。その後、大隅、日向方面などを転戦する。 八月十七日、延岡在陣中に征討総督本営から陸軍軍曹の辞令を受け、同時に別働隊第一旅団第一連隊第一大隊書記を免ぜられ、戦

		闘部隊である同大隊第二中隊附けに配属される。 八月二十四日、熊本県矢部の浜町に転戦、その後、鹿児島に布陣する。 九月一日、西郷隆盛、桐野利秋らが鹿児島に帰還し、城山山頂に本営を構えるが、九月十日過ぎには、政府軍八個旅団五万の兵で完全包囲する。 九月二十四日、城山総攻撃に参加、西郷隆盛、桐野利秋らが討伐される。 九月二十五日、母きの宛の手紙に、城山の戦いの結末を誇らしげに記す。 九月二十九日、黄龍艦に乗組み、鹿児島港を出航する。 十月一日、神戸港に到着し、上陸する。 十月二十二日、金沢営所に帰営する。
明治十一年（一八七八）	二十三歳	一月二十一日、陸軍歩兵第七連隊の書記を申し付けられる。 十月九日、鹿児島県の逆徒征討の際の功績に対し、叙勲七等の勲章と勲記、金百円を下賜される。
明治十五年（一八八二）	二十七歳	一月九日、常備兵を満期除隊となり、後備軍躯員（予備役）を拝命する。 三月十五日、三重県巡査を拝命し、上野警察署詰めを命じられる。 五月二十七日、上野警察署を依願退職する。

明治十六年（一八八三）	二十八歳	十一月十九日、三重県巡査を拝命し、松坂警察署詰めとなる。この頃に発行された『阿拝郡上野市街明治地誌』に、「勲七等二叙セラル、目今徳井町二住ス」として、津田三蔵の事績が紹介される。
明治十七年（一八八四）	二十九歳	三月二十九日、妻の亀尾（伊賀上野在住の岡本瀬兵衛の次女）を入籍。
明治十八年（一八八五）	三十歳	一月八日、満期により、後備軍躯員を免ぜられる。 三月二十七日、窃盗犯逮捕の功績により、賞金六十銭を授与される。 五月二十日、長女みへ誕生する。 八月一日、上席巡査への侮辱（殴打）により三重県巡査を免職される。 八月十六日、滋賀県巡査職に志願する。 十月十九日、滋賀県巡査職の試験を受け、合格する。 十二月四日、滋賀県水口警察署詰めを命じられ、月給七円を給与される。
		十二月十九日、長女みへが、妻亀尾の実家で死去する。巡査の職務が多忙のため、葬送式には参列できなかった。
明治十九年（一八八六）	三十一歳	一月、水口に、母きのと妻亀尾を引き取って同居する。 五月十二日、水口警察署の石部分署に転勤を命じられ、翌日赴任する。
明治二十年（一八八七）	三十二歳	二月十五日、職務格別勉励につき慰労金三円を給与される。 六月十三日、月俸金八円を給与される。 九月五日、窃盗犯の捜査、逮捕につき賞金五十銭が下賜される。
明治二十一年（一八八八）	三十三歳	九月二十四日、東浅井郡速水警察署へ転勤となる。母きのは伊賀上野に戻る。

明治二十二年（一八八九）	三十四歳	十二月十一日、進級試験の合格により、月俸金九円を給与される。 十二月二十七日、職務格別勉励につき慰労金二円八十銭を給与される。
明治二十三年（一八九〇）	三十五歳	九月四日、守山警察署詰めとなり、三上駐在所勤務となる。 十二月二十六日、職務格別勉励につき慰労金二円五十銭を給与される。
明治二十四年（一八九一）	三十六歳	五月十一日、大津を訪問中のロシア皇太子に対する警衛中の京町通下小唐崎町の路上において、同皇太子にサーベルにて斬り付け負傷させる。 五月十二日、滋賀県より、巡査職を剥奪される。 五月十六日、賞勲局より、勲七等の勲位を剥奪される。 五月二十七日、大審院法廷に於いて、無期徒刑の判決を言い渡される。 五月三十日、馬場駅から汽車にて兵庫仮留監に移送される。 六月二十四日、神戸港から日本郵船の和歌浦丸に乗せられ、釧路へと向かう。 七月二日、釧路港に到着後、小型蒸気船にて釧路川をさかのぼり、標茶村の北海道集治監釧路分監に収監される。 九月二十九日午前零時三十分、同所にて、肺炎のため病死する。

著者略歴

岡本　光夫（おかもと・みつお）

1951年　滋賀県生まれ
1973年　大阪経済大学経済学部卒業
2011年　京都造形芸術大学（京都芸術大学）芸術学部芸術学科文芸コース卒業
2017年　京都造形芸術大学（京都芸術大学）芸術学部美術科写真コース卒業
1988～1992年　滋賀県文学祭の随筆部門で、芸術祭賞３回、特選２回受賞
2000年　第41回「日本随筆家協会賞」受賞
2017年　滋賀県文化功労賞〔芸術文化（文芸）〕受賞
2019年　歴史文化遺産ガイド認定

随筆家・フォトエッセイスト・クロマチックハーモニカ奏者
モットー：人生の四楽「書く・撮る・奏でる・語る」
滋賀文学会会長
日本ペンクラブ会員　随筆文化推進協会会員

著書　随筆集『うたたねの夢』（日本随筆家協会）
　　　随筆集『夢のまくら』（サンライズ出版）
　　　フォトエッセイ『旅のかなた』（サンライズ出版）

現住所　〒524-0036　滋賀県守山市伊勢町469-21

幻影　大津事件と津田三蔵の手紙

2021年８月25日　初版第１刷発行

著　者　岡本光夫

発行者　岩根順子

発行所　サンライズ出版
〒522-0004　滋賀県彦根市鳥居本町655-1
TEL. 0749-22-0627　FAX. 0749-23-7720

印刷・製本　サンライズ出版株式会社

ISBN978-4-88325-736-2